Die drei ???

Die drei ???

und der Kristallschädel

erzählt von André Marx

KOSMOS

Umschlagillustration von Silvia Christoph, Berlin
Umschlaggestaltung von der Peter Schmidt Group, Hamburg,
auf der Grundlage der Gestaltung von Aiga Rasch (9. Juli 1941–24. Dezember 2009)

FSC www.fsc.org
MIX
Papier aus verantwortungsvollen Quellen
FSC® C083411

Gedruckt auf chlorfrei gebleichtem Papier

ISBN 978-3-440-16687-1
Redaktion: Anne Pagel
Lektorat: Nina Schiefelbein
Produktion und Satz: DOPPELPUNKT, Stuttgart
Kurrentschrift-Texte: Dr. Jascha-Alexander Koch, Langen
Druck und Bindung: CPI books GmbH, Leck
Printed in Germany / Imprimé en Allemagne

Die drei ???

und der Kristallschädel

Das Haus von Hunter Scott

»Das sieht ja aus wie ein Spukhaus!«, sagte Peter Shaw, als er aus dem blauen Pick-up stieg und die alte Villa von Hunter Scott zum ersten Mal sah.

Das einsame Haus auf der Waldlichtung hatte zweifellos etwas Unheimliches an sich. Die ehemals hellgraue Farbe war fast gänzlich von der hölzernen Fassade geblättert. An einigen Stellen waren die Wände so morsch, dass man durch Löcher bis auf das Balkengerüst blicken konnte. Der Dachstuhl hing durch. Manche Fenster waren blind.

Die Villa lag abgelegen auf dem Lone Oak Hill, einer kleinen Anhöhe in der Nähe von Rocky Beach. Sie wurde von einer einzelnen uralten Eiche beschattet, die dem Hügel seinen Namen gegeben hatte. Ringsum breitete sich ein lichtes Pinienwäldchen aus, in dem die Tauben in der Hitze des frühen Nachmittags gurrten.

Nun stiegen auch Justus Jonas, sein Onkel Titus Jonas und Bob Andrews aus dem Wagen. Bob legte den Kopf in den Nacken und schaute an der Villa empor bis zu dem kleinen Türmchen, das aus dem Dach ragte. An seiner Ostseite zeigte eine alte Bahnhofsuhr dauerhaft auf zwanzig vor fünf. »Hier ist die Zeit wohl stehen geblieben«, murmelte er.

»Wenn der alte Kasten nicht bald von Grund auf renoviert wird, bricht er in ein oder zwei Jahren komplett zusammen«, vermutete Justus.

»Da bräuchte man aber eine ganze Stange Geld.« Peter kratzte sich am Kopf.

»Man müsste im Grunde alles erneuern«, meinte auch Onkel Titus und warf die Fahrertür des Pick-ups zu. Der kleine Mann im blauen Overall schob sich die Baseballkappe in den Nacken. Er ging auf das Haus zu, klopfte an die Verschalung der Veranda und begutachtete fachmännisch das Holz. »Ja, wirklich alles. Ich fürchte, dafür fehlt Mrs Scott das Geld.«

Die drei Detektive hatten Justus' Onkel versprochen, ihm bei einer Haushaltsauflösung zur Hand zu gehen. Justus' Eltern waren vor vielen Jahren bei einem Unfall ums Leben gekommen. Seitdem lebte er bei seinem Onkel und dessen Frau Mathilda. Die beiden betrieben ein Gebrauchtwarencenter. Dies war die offizielle Bezeichnung, nachdem Justus die beiden darauf hingewiesen hatte, dass es seriöser klang als ›Schrottplatz‹. Einer von Titus Jonas' alten Kunden namens Hunter Scott war verstorben. Seine Enkelin hatte Onkel Titus um Hilfe gebeten.

Sie betraten die Veranda. Als Justus an die Tür klopfte, bemerkte er, dass sie gar nicht ins Schloss gefallen war. Knarrend schwang sie auf. Dahinter befand sich eine düstere Empfangshalle. In dem hellen Rechteck aus Sonnenlicht, das nun in den Raum fiel, tanzte der Staub. »Hallo?«, rief Justus. »Mrs Scott?«

Plötzlich jagte ein riesiger Hund aus der Dunkelheit heran, ein Neufundländer. Das dunkelbraune Fellmonster mit langer, tropfender Zunge und rosa Lefzen stürmte durch die Halle auf die Tür zu. Erschrocken sprang der Erste Detektiv zur Seite. Doch der Hund hatte es gar nicht auf ihn abgesehen – sondern auf Peter. Ehe dieser reagieren konnte, sprang der Vierbeiner ihn an. Die Vorderläufe prallten gegen Peters Brust und das gewaltige Gewicht des Tieres riss den Zweiten Detektiv von den Füßen. Er fiel rücklings auf die Veranda, die gefletschten Zähne der Bestie waren nur Zentimeter von Peters Kehle entfernt. Dann begann der Hund, ihm das Gesicht abzulecken. Bob brach in schallendes Gelächter aus.

»Growler! Growler, lass das! Aus!« Eine zierliche Frau in den Vierzigern eilte aus dem Haus, packte den Hund energisch beim Halsband und zerrte ihn zurück. Enttäuscht ließ Growler von Peter ab. »Oh, das tut mir so leid, ich war oben und habe euch nicht gehört! Hast du dir wehgetan? Ich weiß nicht, wie man diesem Köter das abgewöhnt. Aber keine Sorge, er macht das nur bei Menschen, die er mag.«

»Na dann«, murmelte der Zweite Detektiv und wischte erst die staubigen Pfotenabdrücke von seinem T-Shirt und dann seine Hand an der Jeans sauber.

»Sie sind Titus Jonas, stimmt's?«

»Der bin ich.« Onkel Titus nahm seine Mütze ab und reichte der Frau die Hand. »Das sind mein Neffe Justus und seine Freunde Bob und Peter. Und Sie sind Hunters Enkelin.«

Sie nickte. »Julia Scott. Danke, dass Sie gekommen sind, Mr Jonas.« Mrs Scott trug eine blaue Latzhose und ein weißes T-Shirt. Ihr honigblondes Haar mit ersten grauen Strähnen hatte sie zu einem nachlässigen Zopf zusammengebunden. »Ich bin total überfordert. Mein Großvater ist vor zehn Tagen gestorben. Es ging fürchterlich schnell. Er wurde krank und musste urplötzlich ins Krankenhaus. Ausgerechnet, als ich gerade auf der Hochzeit einer Freundin in Florida war. Ich konnte nicht zurück, weil es diesen bescheuerten Hurrikan gab. Drei Tage lang waren alle Flüge gestrichen. Also war ich nicht bei ihm, als er starb.« Sie seufzte schwer. »Wir standen uns sehr nahe, auch wenn ich mich nicht mehr so viel um ihn kümmern konnte, seit ich vor ein paar Jahren nach San Francisco gezogen bin. Dort habe ich einen kleinen Blumenladen. Zum Glück war eine Dame aus dem Frauenverein von Rocky Beach bis zum Schluss an seiner Seite. Sie hat in den letzten Jahren regelmäßig nach ihm gesehen. Er war also nicht allein. Das ist wohl das Wichtigste.«

»Das tut uns leid, Mrs Scott«, sagte Peter mitfühlend.

»Ach, na ja. Natürlich bin ich traurig, aber mein Großvater ist neunundneunzig Jahre alt geworden und war sein Leben lang gesund und zufrieden. Was hätte ich mir mehr wünschen können?«

»Neunundneunzig!«, staunte der Zweite Detektiv.

Julia Scott nickte. »Die meiste Zeit seines Lebens hat er in diesem Haus verbracht. Viele Jahrzehnte, in denen er Trödel gesammelt hat.«

»Ich erinnere mich gut an Ihren Großvater«, sagte Onkel Titus. »Er war früher oft bei mir im Gebrauchtwarencenter.«

»Ich weiß. Er hat mal gesagt, Sie seien einer der wenigen Menschen, der ihn und seine Sammelleidenschaft versteht. Ein Bruder im Geiste.«

»Ich fühle mich geehrt.« Onkel Titus deutete eine Verbeugung an.

»Mein Großvater hat seinen ganzen Kram nun mir vermacht, mitsamt dem baufälligen Haus. Und jetzt stehe ich hier und sollte es am besten sofort verkaufen, bevor es zusammenbricht. Ich habe nicht das Geld, die Villa zu renovieren. Aber vorher muss ich so schnell wie möglich das ganze Zeug loswerden. Und dann wieder zurück nach San Francisco und mich um meinen Laden kümmern. Die Geschäfte laufen nicht besonders. Deshalb habe ich Sie angerufen, Mr Jonas. Ich habe keine Ahnung von Trödel. Was dieser ganze Kram wert ist und so weiter. Wie Sie vorgeschlagen haben, habe ich die Haushaltsauflösung inseriert. Bald werden die ersten Leute kommen und in den Sachen stöbern. Ich bin Ihnen sehr dankbar, dass Sie mir helfen.«

»Machen Sie sich keine Sorgen, Mrs Scott. Ich werde die besten Preise für Sie herausholen. Und der nette Bob hat sich bereit erklärt, sich die Bücher genauer anzusehen.«

»Manchmal jobbe ich in der Stadtbücherei von Rocky Beach«, erklärte Bob. »Ich kenne mich ein bisschen aus.«

»Das ist gut. Ich nämlich nicht. Die Bücher stehen heute aber noch nicht zum Verkauf. Ich habe die Bibliothek extra abgeschlossen, sonst ist mir das zu viel Chaos. Du kannst sie dir in den nächsten Tagen mal in Ruhe ansehen. Heute brauche ich euch Jungs zum Schleppen von Möbeln und so weiter. Am besten zeige ich euch einmal die Räumlichkeiten.«

Sie führte Onkel Titus und die drei Detektive in die Eingangshalle. Drinnen herrschte schummriges Licht. Die Fenster bestanden entweder aus bunten Glasornamenten oder waren so trüb und staubig, dass sie nur noch wenig Helligkeit hineinließen. Die Halle war mit dicken dunklen Teppichen ausgelegt. Von der Decke hingen zahllose Lampen aus unterschiedlichsten Epochen: bunte Kunststoffkugeln aus den Sechzigerjahren, schwere Messingräder, die mit Kerzenlampen bestückt waren, und ausladende schimmernde Kronleuchter. Der Fuß einer breiten Freitreppe wurde auf der rechten Seite von einer Ritterrüstung und auf der linken von einem auf allen vieren stehenden Grizzlybären bewacht. Im ganzen Raum verteilt standen samtene Sessel, Korbstühle und Chaiselonguen. Außerdem eine verstaubte Musikbox, ein Tischkicker und eine Töpferscheibe. Die Wände hingen voller Bilder und ausgestopfter Tiere. Auf den Stufen der breiten Treppe standen links und rechts Büsten, Plastiken und Puppen aus Gips, Zinn, Porzellan und Steingut.

»Das sieht ja aus wie bei euch auf dem Schrottplatz!«, staunte Bob.

»Gebrauchtwarencenter«, korrigierte Onkel Titus tonlos.

Seine Aufmerksamkeit galt bereits dem Grizzlybären, den er mit glänzenden Augen durch seine kleine Brille begutachtete.

»Wenn Sie etwas besonders Wertvolles entdecken, sagen Sie mir bitte Bescheid, damit ich nicht aus Versehen einen echten Rembrandt für fünf Dollar verkaufe, ja?«

Onkel Titus nickte zwar, schien jedoch kaum zugehört zu haben.

Draußen hielt ein Wagen. Kurz darauf stand ein junges Pärchen in der Eingangstür. »Wir kommen wegen der Haushaltsauflösung.«

Und sie blieben nicht die Einzigen. Im Minutentakt fuhren nun die Besucher vor. Julia Scott führte sie in die Villa. »Bitte sehen Sie sich in aller Ruhe um, auch in den anderen Räumen und im oberen Stockwerk.« Sie begann nervös, ihren Schlüsselbund um den Zeigefinger wirbeln zu lassen. »Wenn Sie Fragen haben, wenden Sie sich bitte einfach an mich oder an Mr Jonas hier.«

Doch Onkel Titus war bereits selbst in den Nachbarraum entschwunden. Durch die offene Tür hatte er eine Sammlung alter Schreibmaschinen erspäht, die ihn magisch anzog.

Die meisten Besucher zerstreuten sich. Drei von ihnen hatten jedoch sofort eine Frage an Julia.

»Ich suche ein schönes altes Teeservice«, sagte eine ältere Dame und blinzelte Julia durch ihre dicke Brille an.

»Drüben im Wohnzimmer«, erklärte Julia.

»Ich suche ein gebrauchtes Fahrrad«, sagte ein Herr in einem schlecht sitzenden, fleckigen Anzug.

»Tut mir leid, aber mein Großvater ist kein Fahrrad mehr gefahren.«

Enttäuscht zog der Herr von dannen.

»Ich suche einen Kristallschädel«, sagte ein junger Mann mit halblangem Haar. Er war ganz in weißes Leinen gekleidet. Um den Hals trug er eine Kette mit silbernem Halbmondanhänger.

»Einen was?«

»Einen Totenschädel aus Kristall.«

Julia schüttelte irritiert den Kopf. »So etwas hat mein Großvater nicht besessen.«

»Doch, das hat er«, beharrte der Mann. »Ein Freund hat mich geschickt. Er kannte Ihren Großvater. Der Schädel stammt aus Yukatan in Mexiko. Ihr Großvater hat ihn einst auf einer Auktion erworben.«

»Das muss ein Irrtum sein. So ein Ding wäre mir aufgefallen.«

»Sind Sie ganz sicher?«

»Ja«, sagte Julia bestimmt. »Ich habe in den letzten Tagen nichts anderes getan, als den Besitz meines Großvaters zu sichten. Einen Totenkopf aus Kristall hätte ich nicht vergessen. Ich finde Totenköpfe nämlich schrecklich.«

»Vielleicht haben Sie ihn übersehen.«

Julia seufzte ungehalten. »Ja, vielleicht«, gab sie zu. »Aber daran kann ich ja nun auch nichts ändern. Wenn er noch auftauchen sollte, lege ich ihn für Sie zurück, einverstanden? Verzeihung, aber da drüben braucht jemand meine Hilfe.«

»Selbstverständlich«, murmelte der junge Mann, nickte und ging.

»Das kann ja heiter werden«, stöhnte Julia und widmete sich einer elegant gekleideten Dame, die schon eine ganze Weile ihre Aufmerksamkeit suchte.

Die drei ??? überließen Mrs Scott ihrem Schicksal und schlenderten von Raum zu Raum. Ob Wohnraum, Küche oder Gästezimmer – überall gab es skurrile Dinge zu bestaunen.

»Übrigens, Kollegen«, sagte Justus. »Unser offizieller Auftrag lautet zwar, beim Möbelschleppen zu helfen. Aber Tante Mathilda nahm mich vor unserer Abfahrt beiseite und beschwor mich, dafür zu sorgen, dass Onkel Titus nicht selbst das halbe Haus leer kauft.«

»Eine spannende Herausforderung«, sagte Peter, während Justus' Onkel gerade mit zwei Schreibmaschinen, einer Stehlampe und zwei mannshohen Kerzenleuchtern unter dem Arm über den Flur stolperte. Auf dem Kopf trug er einen Tropenhelm. Er brachte die Sachen nach draußen und warf im Vorbeigehen erneut begehrliche Blicke auf den ausgestopften Bären.

Julia Scott kam wieder zu ihnen. Sie war gestresst. »Jungs, könntet ihr da draußen –«

Sie wurde von einem schmächtigen Mann in schwarzer Lederjacke unterbrochen. Er trug einen Motorradhelm in der Armbeuge. »Verzeihung, Miss«, brummelte er in seinen buschigen Schnauzbart hinein. »Die Tür am Ende des Ganges im ersten Stock, die klemmt.«

Growler wedelte wie wild mit dem Schwanz. Julia Scott konnte ihn nur mit Mühe davon abhalten, an dem Herrn hochzuspringen. »Sie klemmt nicht, ich habe sie abgeschlossen«, erklärte sie. »Das ist die Bibliothek. Die Bücher habe ich noch nicht gesichtet. Schluss jetzt, Growler! Zum Verkauf steht nur, was Sie in den Räumen mit den offenen Türen finden.«

Eine kleine dünne Frau kam vorbei, in den Armen ein riesiges Grammofon, über das sie kaum hinwegschauen konnte. Prompt stolperte sie über eine Teppichfalte und drohte, mitsamt Grammofon in Julia hineinzufallen.

»Vorsicht!«, rief Peter und hielt die Frau am Arm fest, während Julia von dem Mann mit der Lederjacke zurückgezogen wurde.

»Danke«, sagte Julia irritiert. Der Mann nickte, senkte den Kopf und ging.

»Warten Sie, ich trage Ihnen das Grammofon nach draußen«, bot Peter an und nahm es der Dame ab. Als Nächstes halfen die drei ??? dem jungen Pärchen beim Tragen einer Kommode und einem älteren Herrn beim Abhängen eines monströsen Kronleuchters.

»Ich mache drei Kreuze, wenn das hier vorüber ist«, stöhnte Julia, als sie alle kurz verschnauften. »Ich wollte die Sachen meines Großvaters verkaufen. Aber es fühlt sich an wie eine Plünderung!«

Plötzlich polterte es über ihren Köpfen.

»Habt ihr das auch gehört?«, fragte Bob und schaute nach oben zur Decke.

»Da hat wahrscheinlich jemand etwas fallen gelassen«, überlegte Peter. »Oder ein Bild ist von der Wand gekracht.«

Julia schüttelte verärgert den Kopf. »Das kam eindeutig aus der Bibliothek.«

»Aber die ist doch abgeschlossen.«

»Eben!« Wütend marschierte sie die Treppe hinauf, immer zwei Stufen auf einmal nehmend. Growler lief ihr aufgeregt hinterher.

»Da scheint es Ärger zu geben«, bemerkte Justus. »Kommt schnell, Kollegen.«

Am Ende des oberen Flurs stand Julia vor einer Doppelflügeltür und rüttelte am Knauf. »He! Machen Sie sofort auf!«

In dem Raum dahinter polterte es. Dann war ein Klirren zu hören wie von zerspringendem Glas. Es klang, als würde jemand die halbe Einrichtung zerlegen.

»Aufmachen!«, brüllte Julia.

»Der Schlüssel!«, drängte Justus. »Sie müssen die Tür öffnen.«

»Natürlich, Moment!« Doch der Schlüsselbund baumelte nicht mehr an ihrem Zeigefinger und befand sich auch in keiner der vielen Taschen ihrer Latzhose.

»Kein Problem«, sagte Peter und tastete reflexartig nach seinem Dietrichset in der hinteren Hosentasche. Aber er war nicht auf einen Detektiveinsatz vorbereitet gewesen und hatte es nicht dabei.

»Kannst du die Tür eintreten?«

Peter sah Mrs Scott mit großen Augen an. »Ernsthaft?«

»Eine kaputte Tür mehr oder weniger.« Julia trat beiseite.

»Wie Sie wollen«, murmelte der Zweite Detektiv und trat mit aller Kraft zu. Holz splitterte und die Tür flog auf.

Der kleine Mann in der Lederjacke stand vor den Trümmern einer Standuhr. In den Händen hielt er etwas Schimmerndes: einen gläsernen Totenkopf! Erschrocken wirbelte der Mann herum.

»He!«, rief Julia.

Der Kerl steckte den Totenkopf in seinen Motorradhelm, sprang zum Fenster, riss es auf und kletterte hinaus.

»Na, warte. Den schnapp ich mir!« Der Zweite Detektiv nahm die Verfolgung auf.

»Peter, was machst du denn da?«, rief Bob.

Doch da war Peter schon aus dem Fenster gesprungen.

Totenköpfe aus Kristall

Das Dach der Veranda lag nur eineinhalb Meter unter dem Fenster. Als Peter darauf landete, gaben die morschen Holzschindeln nach und er brach mit dem rechten Fuß ein. »Verflixt!« Mühsam nach Halt ringend, versuchte er, sich zu befreien. Als es ihm endlich gelang, hatte er wertvolle Zeit verloren. Er schwang sich über die Dachkante und landete federnd auf dem Rasen vor dem Haus.

Zwei Besucher, die gerade die Villa verließen, schrien auf. Vor Schreck ließ eine Frau ihre gerade erworbene Kaffeekanne fallen.

»Sorry«, rief Peter und lief dem Flüchtenden in den Pinienwald nach. Seine Schritte krachten im Unterholz.

Der Wald wurde von der Straße zum Lone Oak Hill durchschnitten. Früher oder später würde der Einbrecher sie erreichen. Wenn Peter nun direkt dorthin lief, verlängerte er zwar die Distanz zu dem Kerl, wäre auf dem Asphalt aber deutlich schneller als im Wald. Es war einen Versuch wert.

Kurz darauf hatte er die Straße erreicht. Gut hundert Meter weiter stand ein rotes Motorrad, auf dem ein bulliger Mann mit hellem Haar saß. Er schaute zum Wald und sah Peter zunächst nicht. Der Lederjackentyp durchbrach die Bäume und sprang augenblicklich hinter dem Fahrer auf das Motorrad. Der bemerkte im selben Moment den Zweiten Detektiv und reagierte sofort. Er kickte den Motor an und gab Gas.

Auf den ersten Metern schlingerte das Fahrzeug hin und her. Dabei fiel dem Lederjackentyp etwas aus der Tasche. Kurz darauf waren sie hinter der nächsten Kurve verschwunden.

Peter stützte sich auf seinen Oberschenkeln ab und atmete tief durch. Dann ging er zu der Stelle, wo der Kerl etwas verloren hatte. Auf der Straße lag Julias Schlüsselbund.

Als Peter zum Haus zurückkehrte, waren Bob, Justus und Onkel Titus auf der Veranda zusammengekommen. Inzwischen hatten die meisten Besucher mitgekriegt, dass etwas Dramatisches vorgefallen war, und waren ebenfalls nach draußen geeilt. Tuschelnd standen sie in kleinen Grüppchen vor dem Haus und sahen Peter erwartungsvoll entgegen.

»Und?«, fragte der Erste Detektiv.

Peter schüttelte den Kopf. »Ein Komplize hat auf ihn gewartet. Sie sind auf einem Motorrad abgehauen.«

»So ein Mist. Hast du das Nummernschild erkannt?«

»Zu weit weg. Ich konnte nicht mal das Modell erkennen. Nur, dass es rot war. Mit gelben Flammenaufklebern an der Seite.«

Julia trat aus dem Haus und scheuchte ein paar weitere Besucher vor sich her. »Sorry, aber Sie haben ja mitbekommen, was passiert ist«, sagte sie an alle gewandt. »Ich muss den Verkauf hier leider abbrechen. Es wird einen neuen Termin geben, versprochen.«

Einige Leute murrten, doch die meisten zeigten Verständnis. Nach und nach stiegen alle in ihre Autos und fuhren davon.

»Also, was ist passiert?«, wandte sich Julia an Peter.

Der berichtete von seiner kurzen Verfolgung.

»Du hast viel riskiert. Das war mutig von dir. Danke, Peter.«

»Keine Ursache.« Der Zweite Detektiv winkte ab und gab Julia den Schlüssel.

»Woher …?«

»Er wurde Ihnen gestohlen«, vermutete Justus.

»Aber wie denn das?« Julia schaute an sich herab. Die Taschen ihrer Latzhose waren ziemlich groß und weit.

»Nun, bis zu einem gewissen Punkt lässt sich das Geschehen gut rekonstruieren.« Justus räusperte sich. »Der Mann mit der Lederjacke sprach Sie bereits in der Eingangshalle an. Er wies Sie auf die abgeschlossene Tür hin. Sie erklärten ihm, warum die Bibliothek verschlossen war. Als dann die Frau mit dem Grammofon beinahe stürzte, hat er Sie weggezogen. Dabei muss er Ihnen unbemerkt den Schlüssel aus der Tasche entwendet haben. Er drang in die Bibliothek ein, verschloss die Tür von innen und begann, nach etwas zu suchen, wie ich annehme.«

»Du klingst wie ein Polizist. Oder wie ein Detektiv.«

»Das ist kein Zufall.« Justus zog eine leicht zerknitterte Visitenkarte aus der Hosentasche und reichte sie Julia.

»Ich verstehe nicht ganz. Ich denke, ihr helft deinem Onkel im Trödelhandel. Und zur Schule geht ihr doch auch noch. Jetzt seid ihr auf einmal Detektive?«

»Sie helfen mir, wenn sie die Zeit dafür finden«, erklärte Onkel Titus. »Und nicht irgendwelche Verbrecher jagen.«

»Durchaus erfolgreich Verbrecher jagen, wie ich hinzufügen darf«, sagte Justus.

»Das glaube ich dir. Deine Analyse war messerscharf. Wisst ihr, was seltsam ist? Der Mann in der Lederjacke kam mir bekannt vor. Als er mich auf die verschlossene Tür ansprach, dachte ich, dass ich ihn irgendwo schon einmal gesehen habe. Aber ich komme einfach nicht drauf, wann und wo.«

»Denken Sie in Ruhe darüber nach«, riet Justus. »Ich würde mir gern die Bibliothek ansehen. Vielleicht finden wir noch mehr heraus.«

Julia zögerte kurz, willigte dann jedoch ein.

Sie kehrten ins mittlerweile menschenleere Haus zurück und stiegen die Treppen hinauf zur Bibliothek. Jetzt hatte auch Peter Zeit, sich genauer in dem Raum mit den drei großen Fenstern umzusehen. Die rechte Wand bestand komplett aus einem riesigen, bis unter die Decke gebauten Regal, das vor Büchern überquoll. In einer Ecke stand ein kleiner antiker Schreibtisch. In einer anderen ein wuchtiger Ohrensessel. Dazwischen eine alte Vitrine. Sie war mit altem Spielzeug gefüllt gewesen, doch nun war alles herausgerissen und lag auf dem Boden verteilt. Die Standuhr, die ihren Platz neben der Vitrine gehabt hatte, war umgestoßen worden. Das Messingpendel lag auf dem Teppich. Die Glastür war in hundert Scherben zersprungen. Außerdem hatte der Einbrecher ein Loch in den Korpus getreten. Julia war in der Tür stehen geblieben und schnappte nun nach Luft. »Die schöne Uhr! Warum hat der Kerl das getan?«

»Weil er etwas gesucht hat«, vermutete Justus. »Und zwar den Totenkopf, den er in der Hand hielt, als wir ihn überraschten. Der Schädel muss in der Uhr versteckt gewesen sein. Der Dieb ging zunächst wahrscheinlich behutsam und leise vor. Doch dann unterlief ihm ein Missgeschick. Ich nehme an, er ließ das Messingpendel fallen. Das war das Poltern, das wir unten gehört haben. Als Sie an die Tür klopften, wurde dem Kerl klar, dass er entdeckt worden war. Er musste sich beeilen und nahm die Uhr nun mit roher Gewalt auseinander. Außerdem fegte er das Spielzeug aus der Vitrine.« Justus bemerkte, dass Julia die Bibliothek immer noch nicht betreten hatte. »Wollen Sie nicht reinkommen?«

»Ich mag diesen Raum nicht besonders«, murmelte sie verlegen, trat dann aber doch ein und betrachtete ratlos die Trümmer der Standuhr. »Darin soll ein Totenkopf versteckt gewesen sein?«

Justus nickte. »Vermutlich im Sockel. Sehen Sie, der Kerl hat ein Loch reingetreten. Ich nehme an, dass er ihn anders geöffnet hätte, wenn ihm nicht das Missgeschick mit dem Pendel passiert wäre. Er hätte den Schädel in seinen Motorradhelm verfrachtet, die Handschuhe draufgelegt, die Bibliothek wieder verlassen, die Tür abgeschlossen und den Schlüsselbund irgendwo drapiert. Niemand hätte von dem Diebstahl erfahren.«

»Aber woher wusste er überhaupt von diesem Schädel?«, fragte Julia.

»Er war nicht der Einzige«, fiel es Bob ein. »Da war doch dieser Typ mit den weißen Klamotten, der nach einem Kristallschädel gefragt hat.«

»Das stimmt«, sagte Julia. »Ich wusste gar nicht, wovon er spricht. Was soll denn das eigentlich sein, ein Kristallschädel?«

»Ich habe mal etwas darüber gelesen«, sagte Bob. »Wenn ich das richtig im Kopf habe, sind das aus Kristall gefertigte menschliche Totenschädel. Sie sollen von den Azteken oder den Maya oder so stammen.« Er machte eine schnelle Bildersuche mit seinem Handy und zeigte den anderen ein Foto aus einem Pariser Museum, wo ein solcher Schädel ausgestellt war. Der Totenkopf sah aus wie aus gesprungenem Glas. Er hatte anatomisch nicht ganz korrekte Proportionen und war auch nicht sehr detailliert ausgearbeitet. Peter fand ihn ein bisschen gruselig. Doch Julias Reaktion fiel deutlich heftiger aus. Sie machte einen entsetzten Schritt zurück und wandte ihren Kopf zur Seite.

»Alles in Ordnung, Julia?«, fragte Bob besorgt.

Sie nickte. »Ich ängstige mich vor Totenköpfen.« Sie lachte unsicher. »Es ist albern, ich weiß. Denkt euch nichts dabei. Ich möchte nur einfach nicht hinschauen.«

»Kennen Sie diesen Schädel?«, hakte Justus nach. »Oder wissen Sie etwas darüber?«

Sie schüttelte den Kopf. »Ich finde nur das Bild unheimlich. Vielleicht sollte ich froh sein, dass der Dieb das Ding geklaut hat. Aber um die Standuhr tut es mir leid. Die hat mein Großvater immer sehr geliebt. Wie eigentlich alles in diesem Raum. Das war sein Lieblingszimmer, in dem er sich die meiste Zeit aufgehalten hat.« Sie zuckte mit den Schultern.

»Wollen Sie denn gar nicht wissen, was es mit dem Schädel auf sich hat?«, fragte Justus.

»Schon. Aber der Dieb ist ja nun über alle Berge.«

»Lassen Sie uns ermitteln«, schlug Justus vor. »Die drei Detektive bieten Ihnen ihre Dienste an.«

»Na … na schön. Wenn ihr unbedingt wollt.«

»Justus will«, stellte Peter klar. »Bobs und meine Meinung spielen in diesem Fall keine so große Rolle.«

Julia lächelte amüsiert. »Dann beauftrage ich euch hiermit ganz offiziell, das Rätsel um den Kristallschädel zu lösen.«

Datenspeicher oder Hausapotheke?

»Ein Grizzlybär!?«, rief Tante Mathilda entsetzt, noch bevor der Pick-up auf dem Hof ganz zum Stehen gekommen war. »Bist du von allen guten Geistern verlassen, Titus Jonas?«

»Er heißt Roosevelt«, sagte Titus ein wenig kleinlaut. »Hunter Scott hat ihn so genannt.«

»Das ist mir vollkommen egal. Es ist ein Bär! Ich wusste, dass es so kommen würde. Ich dachte, du wolltest dieser Dame helfen, ihr Zeug zu verkaufen. An *andere* Menschen! Wer soll dieses Untier denn haben wollen?«

»Niemand«, gab Onkel Titus mutig zu. »Ich dachte, wir stellen ihn an die Straße. Als Blickfang.«

»Da stehen bereits ein verrostetes Motorrad, ein Drachenflieger und ein drei Meter hohes Michelin-Männchen. Unsere Blickfänge reichen inzwischen von hier bis nach San Diego!«

Die drei ??? begannen, die Ware, die Justus' Onkel erstanden hatte, abzuladen. Stück für Stück verfrachteten sie die Sessel, die Schreibmaschinen, den Tropenhut, einen Karton mit chinesischen Fächern, die Töpferscheibe, eine Badewanne mit goldenen Löwenfüßen, eine Stehlampe, einen Kartenständer und eine Schmetterlings-Sammlung in die Ecke mit den Neuanschaffungen.

Mr Meyer, ein älterer Herr, der seit einiger Zeit fast jeden Nachmittag vorbeikam, lauerte schon wie ein Aasgeier auf Beute, während die drei Detektive sich bemühten, die Ware anständig zu präsentieren. Tante Mathilda beäugte streng, ob die Jungen auch alles richtig machten. Stress lag in der Luft.

Justus seufzte. »Geh du schon mal in die Zentrale an den Computer, Bob. Es ist eh bald Feierabend. Peter und ich schaffen das hier allein.«

Bob war in ihrem Detektivteam für Recherche-Arbeiten zuständig. Bereits seine kurze Bildersuche bei Julia hatte ihm gezeigt, dass es eine Menge über Kristallschädel zu erfahren gab. Also legte er besser gleich los.

Die Zentrale war das Detektivbüro der drei ???, eingerichtet in einem alten Campinganhänger und ausgestattet mit allem, was ein richtiges Büro brauchte: Computer, Telefon, Kühlschrank, dazu ein Labor und das Archiv ihrer bisherigen Fälle. Sie lag versteckt unter einem Berg aus Schrott und Altmetall in einer hinteren Ecke des Platzes. Es gab verschiedene geheime Zugänge, doch meistens benutzten die Jungen das Kalte Tor, einen ausrangierten Kühlschrank mit aufklappbarer Rückwand.

Bob schaltete den Rechner ein und begann mit seiner Arbeit. Eifrig machte er sich auf einem kleinen Block Notizen. Als Justus und Peter nach einer halben Stunde verschwitzt und erschöpft zu ihm stießen, hatte er schon viel herausgefunden. Der Erste Detektiv nahm sich eine Cola aus dem Kühlschrank und ließ sich neben Peter in das durchgesessene Sofa plumpsen. »Schieß los!«

»Also. Um Kristallschädel ranken sich die fantastischsten Geschichten. Sie stammen angeblich von den Maya, den Inka oder den Azteken – beziehungsweise gab es sie in allen drei Kulturen. Da widersprechen sich die Quellen. Den ersten Schädel dieser Art fand man Ende des neunzehnten Jahrhunderts bei Ausgrabungsarbeiten einer alten Maya-Stätte in Mexiko. In den folgenden Jahrzehnten tauchten Kristallschädel in ganz Mittel- und Südamerika auf. Sie bestehen aus Quarzkristall und stellen Wissenschaftler vor ein Rätsel. Quarzkristall ist nämlich nicht einfach zu bearbeiten. Eigentlich braucht man dafür moderne Werkzeuge, die die indigenen Völker noch nicht hatten. Wie es ihnen trotzdem gelang, die Schädel herzustellen, darum ranken sich eine Menge Legenden. Die einen sagen, es hätte einfach sehr, sehr lange gedauert, nämlich mehrere hundert Jahre.«

»Mehrere hundert Jahre!«, wiederholte Peter.

»Die anderen sagen, dass die Schädel gar nicht von den Maya oder Azteken stammen, sondern von einer längst untergegangenen Hochkultur. Dummerweise lässt sich das Alter der Schädel mit den gängigen Methoden nicht feststellen. Eine etwas abenteuerlichere Behauptung besagt, die Kristallschädel kämen von Außerirdischen und seien eigentlich so etwas wie Datenspeicher.«

»Okay, jetzt komme ich nicht mehr mit«, sagte Peter. »Außerirdische? Datenspeicher?«

»Ich kann mir vorstellen, was gemeint ist«, sagte Justus. »Es ist möglich, in Quarzglas digitale Informationen zu speichern. Wie auf einem USB-Stick.«

Bob nickte. »Da könnte man auf die Idee kommen, dass die Schädel gar nicht menschengemacht sind, sondern eine hoch entwickelte außerirdische Spezies sie hergestellt und als Speichermedium verwendet hat. Oder aber als Hausapotheke.«

Peter sah ihn fragend an. »Ich komme schon wieder nicht mit. Hausapotheke?«

»Kristallen werden manchmal heilende Kräfte zugesprochen. Bei den Kristallschädeln sollen diese Kräfte besonders groß sein. Sie sollen Krankheiten heilen und das Leben verlängern können. Speziell den sogenannten Yukatan-Schädeln wird diese Eigenschaft nachgesagt.«

»Yukatan? Dieses Wort hat doch der Typ mit den langen Haaren benutzt, der Julia nach dem Schädel gefragt hat!«

Bob nickte. »Die Yukatan-Schädel wurden alle in derselben Gegend in Mexiko gefunden, logischerweise in Yukatan. Es gibt insgesamt sieben Stück. Anscheinend hat Hunter Scott einen davon besessen.«

»Das ist die erste Information, die uns weiterhilft«, sagte Justus. »Alles, was du sonst noch herausgefunden hast, hat bedauerlicherweise wenig Realitätsbezug. Oder gibt es auch wissenschaftliche Erkenntnisse über diese Schädel?«

»Die gibt es«, antwortete Bob. »Sie machen nur nicht so viel her. Einige Wissenschaftler wollen anhand von mikroskopisch kleinen Schleifspuren herausgefunden haben, dass die Kristallschädel allesamt Fälschungen sind. Dass sie nicht einmal aus Nord- oder Südamerika stammen. Möglicherweise wurden sie einzig und allein zu dem Zweck angefertigt, von Forschern entdeckt zu werden und für Schlagzeilen zu sorgen.«

»Das ist eindeutig die wahrscheinlichste Erklärung«, meinte Justus.

»Aber selbst, wenn die Kristallschädel Fälschungen sind, bedeutet das nicht, dass sie keinen Wert haben. Die berühmtesten Schädel befinden sich heute in Museen in Paris und London. Woher auch immer sie ursprünglich stammen – von wissenschaftlichem Interesse sind sie allemal.«

»Und von unserem Interesse ist es, das Geheimnis zu lüften, woher der unbekannte Dieb von der Existenz des Uhrenverstecks wusste, wenn nicht einmal Hunter Scotts Enkelin eine Ahnung davon hatte.«

»Der junge Mann mit den langen Haaren kannte zwar nicht das Versteck, schien aber mehr über den Schädel zu wissen«, sagte Bob. »Wenn wir den finden könnten! Hat einer von euch mitbekommen, ob er mit dem Auto da war?«

Peter und Justus schüttelten den Kopf.

»Justuuus!«, hallte Tante Mathildas Stimme über den Schrottplatz. »Hockst du schon wieder in deinem Schuhkarton? Der

Bär steht immer noch mitten im Weg! Du musst deinem Onkel helfen!«

Bob sah seine Kollegen fragend an.

»Wir hatten keine Lust mehr«, gab Peter zu. »Aber Tante Mathilda kennt kein Erbarmen.«

»*Ich* erbarme mich.« Bob stemmte sich seufzend aus dem Drehstuhl und verließ die Zentrale.

»Und wie machen wir nun weiter?«, fragte Peter, als das Telefon klingelte.

Justus schaltete den Verstärker ein, damit sein Freund mithören konnte. »Justus Jonas von den drei Detektiven.«

»Hallo, Justus, hier spricht Julia Scott.«

»Julia! Wir haben bereits mit den Ermittlungen begonnen, sind aber noch nicht –«

»Hat das Zeit bis später? Irgendwas geht hier vor sich.« Julia klang angespannt.

Justus horchte auf. »Was meinen Sie damit?«

»Hier draußen bei Großvaters Villa schleicht jemand herum. Growler wittert etwas.«

»Haben Sie jemanden gesehen oder gehört?«

»Nein. Aber der Hund ist ganz unruhig. Und nach dem, was heute Nachmittag passiert ist …«

»Sollen wir vorbeikommen und nach dem Rechten sehen?«, bot Justus an.

»Das wäre mir sehr lieb.«

»Wir machen uns auf den Weg. In zehn Minuten sind wir bei Ihnen.«

Eisblaue Augen

Justus und Peter verließen die Zentrale. Bob versuchte gerade gemeinsam mit Onkel Titus, Roosevelt, den Grizzly, auf einem kleinen Rollbrett zu befestigen, damit man ihn nach Ladenschluss einfach wieder aufs Schrottplatzgelände schieben konnte. Tante Mathilda stand daneben und gab Anweisungen.

»Wir müssen mal weg«, sagte Justus und erzählte in kurzen Worten von Julias Anruf. »Können wir das mit dem Bären morgen erledigen?«

»Auf gar keinen Fall!«, rief Tante Mathilda. »Morgen ist dann wieder etwas anderes wichtiger, und ehe man sich's versieht, ist Weihnachten und der Grizzly steht immer noch hier. Das wird heute Abend erledigt!«

»Fahrt einfach schon vor, ich komme nach, sobald wir hier fertig sind«, schlug Bob vor. »Dauert nicht mehr lange.«

»In Ordnung.« Der Erste und Zweite Detektiv verließen den Schrottplatz, stiegen in Peters MG und fuhren los.

Lone Oak Hill war nur wenige Minuten von Rocky Beach

entfernt. Als die Jungen die Anhöhe erreichten, hatte die Dämmerung eingesetzt. Am östlichen Himmel leuchteten bereits zwei Sterne.

»Halte hier am Straßenrand, Zweiter«, sagte Justus, als sie noch ein Stück von Hunter Scotts Villa entfernt waren. »Wenn sich hier draußen wirklich jemand herumtreibt, dann wollen wir ihn nicht verscheuchen.«

Peter parkte den Wagen und sie stiegen aus.

»Am besten gehen wir durch das Pinienwäldchen zur Villa«, schlug Justus vor.

Sie waren noch nicht weit gekommen, als sie die Entscheidung bereits bereuten. Das Astgewirr über ihren Köpfen schluckte mehr Tageslicht als gedacht. Um sie herum ragten die Baumstämme wie schwarze Säulen empor und schon bald war Peter nicht mehr sicher, ob sie überhaupt noch in die richtige Richtung gingen.

»War ja eine super Idee, Just«, beschwerte sich der Zweite Detektiv. »Ich bin praktisch blind. Und wenn wir die Taschenlampen benutzen, können wir auch gleich hupend und mit Fernlicht zum Haus fahren.«

Vor ihnen knackte etwas im Unterholz. Sie blieben stehen und lauschten.

»Was war das?«, flüsterte Peter.

»Bestimmt nur ein Tier.«

»Oder ein Mensch. Wir sind auch nicht gerade leise. Wenn hier wirklich jemand ist, hat er uns wahrscheinlich schon längst gehört.«

»Ich gebe zu, es war nicht ganz durchdacht, das Wäldchen zu durchqueren. Wir sollten –«

»Schh!« Peter fasste den Ersten Detektiv am Arm und deutete mit der anderen Hand voraus. »Siehst du das?« Ein bläuliches Licht war zwischen den Bäumen erschienen. »Kommt das von der Villa?«

Justus kniff die Augen zusammen und schüttelte den Kopf. »Zu nahe am Boden. Komm, wir schleichen näher ran.«

So leise es das knackende Unterholz zuließ, arbeiteten sich die beiden Jungen vorwärts. Plötzlich erlosch das blaue Leuchten – um sogleich ein Stück entfernt wieder aufzuflammen.

»Was ist denn das nur?«, fragte Justus. Sie waren vielleicht noch fünfzig Meter entfernt, als das Licht erneut verschwand und an anderer Stelle auftauchte.

»Das ist ein bisschen unheimlich«, gestand Peter.

»Unheimlichen Dingen muss man auf den Grund gehen«, flüsterte Justus. »Dann verlieren sie meistens ihren Schreck–«

Ein Schrei hallte durch den Wald!

Peter und Justus zuckten zusammen.

»War das Julia?«, fragte Peter erschrocken.

»Es klang so. Los, Beeilung!«

Sie rannten auf das blaue Leuchten zu, aus dessen Richtung auch der Schrei gekommen war. Peter war der Schnellere und setzte sich sofort von Justus ab. Da verhakte sich dessen T-Shirt in einem tief hängenden Ast und zwang den Ersten Detektiv, stehen zu bleiben. Er riss und zerrte an seinem Ärmel, bis dieser mit einem hässlichen Ratschen nachgab.

Als Justus sich wieder dem Haus zuwandte, war das blaue Leuchten nicht mehr zu sehen. Er lauschte in die Dunkelheit. Irgendwo vor ihm knackte es. Da huschte jemand von links nach rechts durch die Bäume und verschwand wieder.

Was sollte er tun? Peter war bereits auf dem Weg zu Julia. Es war klüger, im Wald zu bleiben und herauszufinden, wer hier herumschlich. Oder er lief zur Straße. Denn wer immer der Unbekannte war und was immer er wollte – früher oder später würde er zu seinem Auto zurückkehren. Zu Fuß kamen die wenigsten Leute auf den Lone Oak Hill. Justus beschloss zu versuchen, dieses Auto zu finden. Er wandte sich nach rechts und schlich allein durch den finsteren Wald.

Peter rannte zwischen Farnwedeln hindurch und bahnte sich seinen Weg durch das dichte Unterholz, immer auf das blaue Leuchten zu. Doch plötzlich erlosch es und es wurde wieder stockfinster. Peter blieb stehen. Hinter ihm raschelte und knackte es. »Just, bist du das?« Der Zweite Detektiv drehte sich um. Aber da war niemand. Justus war gar nicht mehr hinter ihm. Er musste ihn abgehängt haben. »Just?«, wiederholte Peter leise. Nichts. »Der kann gut auf sich selbst aufpassen«, murmelte Peter. Jetzt ging es um Julia! Nach dem Schrei hatte der Zweite Detektiv nichts mehr gehört. Beherzt setzte er seinen Weg fort.

Zwischen den Bäumen kam endlich das fahlgelbe Licht der Verandabeleuchtung in Sicht und erleichterte die Orientierung. Peter hatte die Lichtung, auf der die Villa stand, fast erreicht, als das blaue Leuchten links von ihm wieder auftauchte. Er schlich näher heran und blieb schlagartig stehen, als er erkannte, was die Quelle war.

Auf einem Baumstumpf lag ein leuchtender Totenkopf! Aus seinen leeren Augenhöhlen strahlte wie aus zwei Scheinwerfern eisblaues Licht. Der Zweite Detektiv konnte seinen Blick nicht abwenden. Wie war es möglich, dass der Schädel leuchtete? Wieso war er überhaupt hier? Peter wusste, dass er nach Julia sehen musste. Doch der kalte Glanz des Totenkopfs zog ihn magisch an.

Langsam, als würde er sich einem scheuen Tier nähern, ging Peter weiter – und mit einem Mal war der Schädel verschwunden. Im gleichen Moment tauchte er zwanzig Meter weiter wieder auf.

Der Zweite Detektiv keuchte erschrocken. Der Schädel war tatsächlich wie von Geisterhand von einem Ort zum anderen gesprungen!

Geheime Verfolgung

Panik stieg in Peter auf. Doch er nahm all seinen Mut zusammen und näherte sich dem Schädel. Er war erst drei Schritte weit gekommen, als vom Haus her ein Schatten auf ihn zurannte. Peter hatte keine Chance. Growler sprang, stieß ihn um und der Zweite Detektiv fiel rücklings ins Laub. Er versuchte, den massigen Neufundländer von sich zu stoßen. Doch Growler schien das für ein lustiges Spiel zu halten und warf sich immer wieder auf ihn.

»Growler, fass!«, rief Julia aus der Ferne.

»Nein, fass nicht! Growler, aus!«

Der Hund machte keine Anstalten, von Peter abzulassen.

Eher zufällig ertastete Peter einen Stock auf dem Waldboden. Das war vielleicht seine Rettung. Er stützte sich mit einer Hand ab, mit der anderen reckte er den Stock in die Höhe. Augenblicklich stieg Growler von ihm herunter, wedelte hechelnd mit dem Schwanz und ließ den Stock nicht aus den Augen.

Peter rappelte sich keuchend auf. »Hol das Stöckchen, du

dummes Vieh!«, zischte er und warf den Stock, so weit er konnte, in den Wald. In hohen Sprüngen jagte Growler ihm nach.

Der Schädel war verschwunden. Wo hatte er ihn zum letzten Mal gesehen? Peter ging zu der Stelle, wo er ihn vermutete, schaltete sein Handylicht ein und leuchtete die Umgebung ab. Nichts. Der Kristallschädel war weg.

Währenddessen stolperte Justus allein durch die Nacht. Der Wald lichtete sich. Nach drei weiteren Baumreihen hatte er die Straße wieder erreicht. Ein fast voller Mond leuchtete am Himmel. Justus folgte der Straße bergauf. Weit war er noch nicht gekommen, als aus dem Wald dumpfe Laute zu ihm drangen. War das ein Kampf? Brauchte Peter Hilfe? Justus beschleunigte seine Schritte. Über die Einfahrt würde er die Villa am schnellsten erreichen.

Da sprang nicht weit entfernt ein Auto an. Scheinwerfer flammten auf und blendeten ihn. Justus duckte sich instinktiv, doch das Scheinwerferlicht hatte ihn voll erfasst. Der Wagen beschleunigte und raste direkt auf ihn zu!

Der Erste Detektiv machte einen Satz zurück in den Wald. Das Auto, ein schwarzer Honda, schoss an ihm vorbei. Als Justus auf die Straße zurückstolperte, jagte es bereits um die Kurve.

»Verflixt!« Die ganze Aktion war umsonst gewesen. Oder vielleicht doch nicht? Justus hatte eine Idee. Er zog sein Handy aus der Tasche und wählte die Nummer des dritten Detektivs. »Bob, bist du schon unterwegs?«

»Ja. Dein Onkel hatte eine gute Idee. Roosevelt trägt jetzt Rollschuhe. Ich biege gleich in den Lone Oak Drive ein.«

»Mach das nicht! Warte am Abzweig! Ein schwarzer Honda kommt gleich den Hügel runter. Fahr hinterher!«

»Was? Aber was ist denn passiert?«

»Die Einzelheiten entziehen sich noch meiner Kenntnis, aber wir müssen wissen, wer der Fahrer ist und wohin er fährt!«

»In Ordnung!«

Bob warf das Handy auf den Beifahrersitz, lenkte den Käfer an den Straßenrand und schaltete Motor und Licht aus.

Justus behielt recht. Schon nach einer Minute tasteten sich die Lichtfinger zweier Scheinwerfer den Hügel herab und ein schwarzer Honda überquerte die Kreuzung. Bob wusste, dass sein VW Käfer nicht das geeignetste Fahrzeug für eine Verfolgung war. Der alte Dieselmotor knatterte auf so unverkennbare Weise, dass sich Menschen auf der Straße manchmal sogar nach ihm umdrehten. Und die runden Scheinwerfer mit ihrem gelblichen Licht konnte man im Dunkeln sofort von den Scheinwerfern anderer Autos unterscheiden. Daher ließ er dem Honda ein wenig Vorsprung, bevor er ihm folgte. Zum Glück war auf dieser Straße, die sich durch die einsame Canyon-Landschaft im Hinterland von Rocky Beach schlängelte, um diese Zeit nicht viel los.

Nach zwei Meilen bog der Fahrer auf die Straße nach Woodland Hills ab. Hier war der Verkehr etwas dichter. Die roten Rücklichter tauchten auf und verschwanden, tauchten auf, verschwanden – und blieben verschwunden. Der Canyon öffnete sich und die Ebene von Woodland Hills tauchte auf. An der ersten Kreuzung hielt Bob an und schaute nach links und rechts. Kein Rücklicht zu sehen. Hatte der Wagen so viel Vorsprung gewonnen, dass er bereits außer Sichtweite war?

Direkt an der Kreuzung befand sich eine Tankstelle. Der dritte Detektiv lenkte den Käfer auf das Tankstellengelände und griff nach dem Handy, um Justus Bericht zu erstatten. Da fiel sein Blick auf ein Motel, das am Berghang lag. Bob war gerade daran vorbeigefahren, hatte ihm aber keine Beachtung geschenkt. Hatte der Honda vielleicht das Motel angesteuert? »Einen Versuch ist es wert«, murmelte Bob. Er warf das Handy zurück auf den Beifahrersitz, stieg aus und legte das kurze Stück zum Motel zu Fuß zurück.

Es trug den schlichten Namen *Sleep Inn*. Die Anmeldung befand sich in einem kleinen Häuschen an der Straße. Dahinter stand ein zweistöckiges L-förmiges Gebäude mit den Motelzimmern. Die Fahrzeuge der Gäste parkten auf einem schummrig beleuchteten Parkplatz: ein halbes Dutzend Autos – aber kein schwarzer Honda. Hinter dem Gebäude schien es ein weiteres Parkareal zu geben. Stand der Wagen vielleicht dort?

Bob überquerte den Platz bis zur Hälfte, als es plötzlich um ihn herum gleißend hell wurde. Grelle Flutlichter leuchteten den Parkplatz aus.

»Stehen bleiben!«, rief jemand wütend. »Noch einen Schritt weiter und ich schieße!«

Ein Schädel löst sich in Luft auf

Bob hob reflexartig die Hände, drehte sich nach der fremden Stimme um und blinzelte gegen das Flutlicht an.

Aus der Rezeption war ein kleiner untersetzter Mann mit dichtem Vollbart getreten. Trug er tatsächlich ein Gewehr? »Was treibst du hier?«

»Ich … suche etwas«, antwortete Bob zögerlich.

»Such woanders!«, brüllte der Mann zurück.

»Aber ich –«

»Du sollst dich verziehen, Bursche! Das hier ist Privatgelände, nur für Gäste, verstanden? Du hast hier absolut nichts verloren!«

Der Mann war so laut, dass sich im oberen Stockwerk eine Tür öffnete. Ein bulliger Kerl humpelte aus seinem Zimmer heraus auf den Laubengang und blickte misstrauisch auf die Szene herab. »Haben Sie Ärger, Joe?«

»Danke, Mr Unterthal, aber das ist nur so ein Bengel, der glaubt, dass es hier was zu holen gäbe! Immer dasselbe!«

»Soll ich runterkommen?«, knurrte der Mann und machte sich schon halb auf den Weg. Auch andere Türen öffneten sich.

»Nicht nötig«, versicherte Joe und versuchte, seine Gäste zu beruhigen. »Sie können wieder auf Ihr Zimmer gehen, Mrs Berger, nur ein kleiner Zwischenfall.«

»Ich bin schon weg«, versicherte Bob und begann zu laufen.

Joe starrte ihm finster hinterher, bis der dritte Detektiv aus dem Licht des Motels hinaus auf die dunkle Straße getreten und außer Sichtweite war.

Nachdem Peter mehrfach den Boden am Waldrand abgeleuchtet hatte, ohne auf eine Spur zu stoßen, gab er seine Suche auf und ging zur Villa. Dort traf er auf Justus. Von Julia war keine Spur zu sehen.

»Du bist wohlauf«, sagte der Erste Detektiv erleichtert. »Ich habe Kampfgeräusche gehört.«

»Ich habe auch gekämpft. Gegen diesen dämlichen Hund. Du glaubst nicht, was ich gesehen habe, Justus! Der –«

Quietschend öffnete sich die Verandatür. Julia lugte zögerlich heraus. Ihre Augen waren angstgeweitet. »Justus? Peter? Wo ist Growler?«

Da kam der Neufundländer auch schon aus dem Wald geprescht. Mit einem Satz war er auf der Veranda und spuckte Peter stolz den Stock vor die Füße.

»Jetzt wird nicht gespielt!«, sagte Peter streng. »Rein mit dir.«

Überraschenderweise gehorchte Growler und trottete mit gesenktem Kopf ins Haus.

Julia spähte ängstlich über Peters Schulter hinweg zum Waldrand. »Ist er weg?«

»Er ist in einem Wagen geflohen«, berichtete Justus.

»Nein, ich meine den Totenkopf. Liegt er noch da?«

»Was für ein Totenkopf?«, fragte Justus. »Was ist denn eigentlich passiert, Julia?«

»Kommt rein«, drängte ihre Auftraggeberin und entspannte sich erst ein wenig, nachdem sie die Tür hinter Peter und Justus geschlossen hatte. »Ich war gerade dabei, etwas aufzuräumen, als der Hund plötzlich zur Tür lief. Ich ahnte, dass da draußen jemand herumschleicht, und rief euch an. Es kann unheimlich sein nachts hier auf dem Hügel, rundherum nur Bäume. Während ich auf euch wartete, schaute ich aus dem Fenster. Da erschien plötzlich ein seltsames Licht am Waldrand. Ich nahm Growler an die Leine und ging nach draußen. Ich traute mich ein paar Meter weit vom Haus weg, bis ich die Lichtquelle erkennen konnte. Auf einem Baumstumpf stand … dieses Ding! Und seine Augen leuchteten!« Julia drehte ihren Kopf weg, als würde sie den Schädel noch immer vor sich sehen. »Es war schrecklich!«

»Sie haben geschrien«, vermutete Justus. »Wir waren gerade auf dem Weg zu Ihnen und haben Sie gehört.«

Sie nickte. »Ich machte auf dem Absatz kehrt und verschanzte mich im Haus. Growler wurde aber immer unruhiger. Schließlich öffnete ich die Tür und ließ den Hund raus, weil ich dachte, er würde den Kerl, der den Schädel dorthin gestellt hatte, vielleicht vertreiben.«

Peter schüttelte den Kopf. »Er wollte nur Stöckchen holen.« Der Zweite Detektiv erzählte kurz, was geschehen war. Die Tatsache, dass der Schädel wie von Geisterhand von einem Ort zum anderen gesprungen war, verschwieg er jedoch vorerst, da er Julia nicht noch mehr Angst machen wollte.

»Seltsam«, murmelte Justus und begann, an seiner Unterlippe zu zupfen. »War es derselbe Schädel? Hat der Dieb ihn zurückgebracht? Aber warum sollte er das tun?«

»*Das* findest du seltsam?«, fragte Julia. »Die Augen dieses Dings haben geleuchtet.«

»Das wird irgendein Trick gewesen sein.«

Julia wirkte nicht überzeugt. »Ich weiß nicht, Justus. Da war etwas an diesem Schädel … Ich kann es nicht beschreiben. Es hat mich zutiefst beunruhigt. Eigentlich bin ich kein ängstlicher Mensch. Aber diese leuchtenden Augen … Sie haben …« Julia brach ab.

»Was haben sie?«, hakte Justus nach. »Sie können offen mit uns sprechen.«

»Sie haben mir auf den Grund der Seele geblickt«, murmelte Julia verlegen. »Sie haben eine … eine Panik in mir ausgelöst, wie ich sie noch nie erlebt habe.«

Der Erste Detektiv erinnerte sich an Julias Gesichtsausdruck, als sie die Verandatür geöffnet hatte, und wusste, dass sie nicht übertrieb. »Ich mache Ihnen einen Vorschlag, Julia: Wir sagen zu Hause Bescheid und bleiben heute Nacht hier. Sollte der Unbekannte noch einmal zurückkehren, wird er Sie nicht allein antreffen.«

Julia war erleichtert. »Das ist sehr nett von euch. Ihr könnt in der Bibliothek schlafen, da ist am meisten Platz. In der Kammer liegen noch ein paar Matratzen und Wolldecken.«

Das vertraute Geräusch von Bobs Käfer näherte sich. Kurz darauf stand der dritte Detektiv in der Tür. Schnell brachten sich die drei ??? gegenseitig auf den neuesten Stand.

»Ich werde schlafen gehen«, kündigte Julia daraufhin an. »Dieser ganze Tag war ungeheuer anstrengend.«

Sie zeigte ihnen noch das Bad, dann zog sie sich zurück.

»Endlich«, flüsterte Peter, als sie allein in der Bibliothek waren. »Ich will euch schon die ganze Zeit etwas erzählen, aber ich wollte nicht, dass Julia es mitbekommt. Da draußen am Waldrand ist noch mehr geschehen.« Der Zweite Detektiv berichtete, was er beobachtet hatte. »Ich weiß, du willst davon nichts hören, Justus, aber der Schädel wurde von einem Ort zum anderen gezaubert. Er wurde weggebeamt!«

»Du hast zweifellos eine rätselhafte Beobachtung gemacht«, gab Justus zu. »Dennoch bin ich mir sicher, dass der Schädel nicht *gebeamt* wurde.«

»Na ja, ich dachte, wegen der Außerirdischen.«

Justus seufzte. »Peter, das ist doch nur eine lächerliche Legende. Der Täter hat den Schädel wahrscheinlich einfach nur woanders hingestellt. Es war schließlich dunkel.«

»Aber der Schädel tauchte in derselben Sekunde, in der er an einem Ort verschwand, an einem anderen wieder auf. Zwanzig Meter entfernt! Wie soll derjenige da denn so schnell hingekommen sein?«

»Ich weiß es nicht«, gestand Justus. »Irgendein Trick.«

»Den du mir nicht erklären kannst«, hielt Peter fest und verschränkte die Arme vor der Brust.

Schweigend legten die drei Detektive die Matratzen auf den Boden und richteten ihr Nachtlager ein. Die Bibliothek wurde nur noch von einer Messinglampe mit grünem Glasschirm beleuchtet, die sich auf dem kleinen Schreibtisch in der Ecke befand. Darauf stand eine alte Schreibmaschine, in die ein leeres Blatt Papier eingespannt war.

Justus ging langsam durch den Raum und betrachtete die gerahmten Fotos an den Wänden. Auf einigen Bildern erkannte er Julia Scott als kleines Mädchen wieder, an der Hand ihres Großvaters. Dann widmete er sich der Vitrine mit dem alten Spielzeug. Julia hatte es nur flüchtig wieder eingeräumt. Der Erste Detektiv nahm sich die Zeit, ein paar Stücke neu anzuordnen. Dabei fiel ihm etwas auf. »Magnetspielzeug«, murmelte er. »Es gibt wenig, wofür Hunter Scott sich nicht begeistern konnte.« Eingehend betrachtete er kleine Pendel, die umeinander rotierten und dank eines batteriebetriebenen elektromagnetischen Felds nie damit aufhörten; ein Bild, auf dem sich hinter Glas Eisenstaub entlang eines Magnetfeldes angeordnet hatte; lustige Hunde aus Plastik, die sich wegen eingebauter Magneten immer gegenseitig das Hinterteil zukehrten, wenn man sie bewegte.

Peter hatte es sich auf einer Matratze bequem gemacht und die Arme hinter dem Kopf verschränkt. Er schmollte, weil Justus nicht ernst nahm, was er gesehen hatte.

Bob schaute auf sein Handy. »Aha! Wusste ich's doch. Ich hatte heute Nachmittag bei meiner Kristallschädel-Recherche etwas über leuchtende Augen gelesen.«

Justus horchte auf. »Tatsächlich?«

»Ja. Ich hatte es zunächst als Mumpitz abgetan und mich nicht weiter darum gekümmert. Hier steht, es wurden Schädel gefunden, deren Kristallschliff so beschaffen ist, dass sie ähnlich wie ein Prisma funktionieren. Licht, das von hinten auf den Schädel trifft, leuchtet aus den Augenhöhlen wieder heraus. Die sieben Yukatan-Schädel haben beispielsweise diese besondere Eigenschaft.«

»Faszinierend«, fand Justus. »War das bei dem Schädel im Wald so, Zweiter?«

»Weiß nicht«, antwortete Peter. »Ich bin nicht nahe genug herangekommen. Er wurde ja weggebeamt.«

Justus seufzte. »Wir müssen Licht in diesen Fall bringen. Allein schon, um dich von diesem Irrglauben zu befreien. Zum Glück erscheinen einige Dinge bereits ganz klar.«

»Was denn bitte schön?«, wollte Peter wissen.

»Zum Beispiel das Auftauchen des Schädels im Wald. In meinen Augen war das ein ganz klassisches Manöver, um Julia einzuschüchtern. Der Täter hat den Schädel so präpariert, dass er leuchtet, und ihn anschließend an einen Ort gelegt, an dem Julia ihn vom Haus aus sehen konnte. Es hat funktioniert. Aus irgendeinem Grund ängstigte Julia sich vor diesem Anblick. Doch hier wird es rätselhaft. Julias Angst kommt mir etwas … unnatürlich vor.«

»Du meinst, sie übertreibt?«, fragte Bob. »Und verheimlicht uns etwas?«

»Eben nicht. Ich glaube, sie ist ehrlich zu uns und weiß selbst nicht genau, warum sie in Panik geraten ist. Aber sie gruselt sich vor dem Schädel mehr, als man erwarten würde. Und der Täter scheint das vorhergesehen zu haben.«

»Das heißt, sie kennt den Täter?«, überlegte Bob.

»Möglicherweise.«

»Oder der Täter war ein Außerirdischer, der ihre Gedanken lesen konnte«, sagte Peter. Er meinte das nicht ernst, er wollte Justus nur ein wenig ärgern.

Das klappte auch prompt. »Jetzt hör doch mal auf damit, Zweiter!«

»Ich höre auf damit, wenn du mir eine Antwort gibst: Wie konnte der Schädel von einem Ort an den anderen gebeamt werden?«

Justus schüttelte unwirsch den Kopf. Aber eine Antwort hatte er nicht. Und Peter wusste: Wenn Justus Jonas keine Antwort hatte, war die Sache ernst.

Der Mann in Weiß

Am nächsten Morgen wurde Justus von herrlichem Duft geweckt. Bob und Peter schliefen noch tief und fest. Der Erste Detektiv wälzte sich von seiner Matratze und ging in die Küche. Dort stand Julia am Herd und machte Pfannkuchen. Growler, der in einem sonnigen Viereck auf dem Steinboden döste, hob träge den Kopf.

»Guten Morgen!«, begrüßte Julia den Ersten Detektiv gut gelaunt. Die Verängstigung und Erschöpfung vom Vorabend waren ihr nicht mehr anzumerken. »Gut geschlafen?«

»Hervorragend. Bob und Peter sind aber noch nicht wach.«

»Du kannst gern duschen, wenn du möchtest. Im Bad liegen Handtücher für euch bereit.«

Justus nahm das Angebot gern an. Als er das Badezimmer wieder verließ, fühlte er sich wach und frisch. Julia saß am Küchentisch und arbeitete an ihrem Laptop. Sie hatte ihm einen Teller Pfannkuchen mit Ahornsirup auf den Tisch gestellt. Daneben lag ein kleines silbernes Etui.

»Das ist für dich«, erklärte Julia. »Für eure Visitenkarten. Ich habe es in den Sachen meines Großvaters gefunden. Eine kleine Aufwandsentschädigung dafür, dass ihr den Fall übernommen habt.«

»Danke schön«, sagte Justus überrascht und legte sogleich die Visitenkarten hinein, die er normalerweise in seiner Gesäßtasche trug und die deswegen auch immer verknickt waren. Sie passten perfekt. »Wir haben gestern noch eine Weile über den Fall geredet. Uns ist der Gedanke gekommen, dass die Ereignisse des gestrigen Abends vielleicht nur dazu da waren, Ihnen Angst einzujagen. Kennen Sie jemanden, der Sie ängstigen oder vielleicht von hier vertreiben möchte?«

Julia schien belustigt. »Du meinst, ob ich Feinde habe? Ich betreibe ein schlecht laufendes Blumengeschäft in San Francisco und führe ein ganz normales Leben, Justus. Ich wüsste wirklich nicht, wer etwas gegen mich haben sollte.«

»Haben Sie noch mal darüber nachgedacht, woher Sie den Mann in der Lederjacke kannten?«

»Das habe ich. Ich denke inzwischen, dass ich ihn selbst noch nie gesehen habe. Er erinnert mich nur an jemanden. Als wäre er der Bruder von irgendwem, den ich kenne. Aber ich komme nicht drauf. So oder so: Ich wüsste niemanden, der mich von hier vertreiben wollte. Es wäre ja auch gar nicht nötig. Ich muss das Haus sowieso verkaufen. Auch wenn es mir das Herz bricht. Hier in der Villa fühlt es sich so an, als wäre mein Großvater irgendwie immer noch da. Ich bin gerne hier. Wenn das Haus erst mal verkauft ist, wird er diese Welt endgültig verlassen haben. Aber es geht nun mal nicht anders. Ich brauche diese Finanzspritze für mein Geschäft.« Sie seufzte und drehte den Laptop in Justus' Richtung. »Ich bereite schon die Immobilienanzeige vor. Vor ein paar Tagen habe ich Fotos vom Haus gemacht. Wenn die Sonne aufgeht, taucht sie das Dach und das Uhrentürmchen in wunderbares Licht, während der Rest des Hauses noch im Schatten des Waldes liegt.«

»Schön«, murmelte Justus kauend, während er die Bilder betrachtete. Bei einer Nahaufnahme des Türmchens, auf der die Uhr Viertel nach elf anzeigte, stutzte er. Aber bevor er Julia dazu befragen konnte, hob Growler den Kopf, stellte die Ohren auf und bellte freudig.

Durch das Fenster sah Justus, wie ein schwarzer SUV vor dem Haus hielt. Eine Frau stieg aus. Sie war etwa Mitte fünfzig und trug ein farbenfrohes luftiges Oberteil mit weiten Ärmeln über einer weißen Jeans. Ihre Haare waren wild gelockt und wurden von einem hineingeknoteten Tuch gebändigt. An ihren Ohren baumelten große Ohrringe aus Holz.

Justus runzelte die Stirn. »Das ist doch Marcie Bronkowitz!«

»Du kennst sie?«

Justus nickte. Marcie Bronkowitz gehörte dem Frauenverein von Rocky Beach an, einer Gruppe ortsansässiger Damen, die Basare organisierten, Rezepte austauschten – und gern auch Klatsch und Tratsch. Peters Mutter ging manchmal dorthin, während Tante Mathilda es dabei beließ, hin und wieder einen Kirschkuchen für eine Wohltätigkeitsveranstaltung beizusteuern.

»Marcie hat in den letzten Jahren regelmäßig nach meinem Großvater geschaut, nachdem ich weggezogen bin. Sie war auch bei ihm, als er im Krankenhaus starb. Heute wollte sie auf einen Kaffee vorbeischauen. Vielleicht nimmt sie noch ein paar von Hunters Sachen mit.«

Sie gingen nach draußen, um Marcie zu begrüßen.

Growler sprang von der Veranda und stürzte auf die Dame zu, bevor Julia nach seinem Halsband greifen konnte. Doch der erwartete Frontalangriff blieb aus. Mrs Bronkowitz lachte und hob einen Zeigefinger. Growler blieb gehorsam stehen und bekam dafür ein Leckerli.

»Hallo, Julia!«, rief Mrs Bronkowitz gut gelaunt und kam näher. »Und du bist doch der Neffe von Mathilda Jonas, nicht wahr?«

»Justus«, bestätigte der Erste Detektiv.

»Er hilft mir beim Ausmisten«, erklärte Julia. »Zusammen mit seinen Freunden. Komm doch rein.«

Da hob Growler erneut den Kopf. Ein weiterer Wagen rollte die Auffahrt entlang, ein glänzender weißer Tesla. Der Motor des Elektroautos war nahezu lautlos.

»Erwarten Sie jemanden?«, fragte Justus.

Julia schüttelte verwirrt den Kopf.

Ein Herr in einem schneeweißen, tadellos sitzenden Anzug stieg aus dem Wagen. Er war ebenfalls in den Fünfzigern. Sein volles dunkles Haar war an den Schläfen leicht ergraut. Seine Füße steckten ohne Socken in weißen Slippern. Am rechten Handgelenk trug er Armbänder aus Metall und Leder.

Marcie Bronkowitz starrte ihn an und flüsterte: »Aber das ist doch –«

»Einen schönen guten Morgen!«, sagte der Mann lächelnd und entblößte dabei strahlend weiße Zähne. »Verzeihen Sie die frühe Störung. Mein Name ist –«

»Raphael Luca!«, brachte Marcie Bronkowitz heraus.

»Oh, ich fühle mich geehrt«, behauptete Mr Luca.

Justus hatte sofort ein ungutes Gefühl bei ihm. Mr Luca wirkte auf ihn wie ein aalglatter Geschäftsmann, sein Lächeln unecht und seine Freundlichkeit aufgesetzt. Growler schien Justus recht zu geben. Der Neufundländer knurrte leise.

»Ich kenne Sie aus dem Fernsehen!«, fuhr Marcie fort und erklärte Julia: »Mr Luca moderiert *Die X-Phänomene*. Und bei Dawning TV ist er auch hin und wieder und stellt seine Produkte vor.«

»Dawning TV?«, fragte Justus. »Dieser esoterische Verkaufssender, bei dem man anrufen und sich für zwanzig Dollar sein Horoskop vorlesen lassen kann?«

»Wir leisten Lebenshilfe«, erklärte Mr Luca lächelnd. »Die hat nun mal ihren Preis.«

»Sicher«, sagte der Erste Detektiv abschätzig und verschränkte die Arme vor der Brust. Er verabscheute diese Art der Geldmacherei.

»Bei Dawning TV verkaufen sie auch sehr nützliche Dinge«, versuchte Marcie Bronkowitz, die Stimmung zu retten. »Ich habe dort mal eine Kupferpyramide für meine Kakteen bestellt. Seitdem hat meine Polaskia schon zwei Mal geblüht!«

»Das hätte sie wahrscheinlich auch so«, murmelte Justus gerade laut genug, dass Raphael Luca es hören musste.

»Ich bin Julia Scott«, sagte Julia und trat auf den Besucher zu. Growler knurrte lauter. »Was führt Sie hierher, Mr Luca?«

»Freut mich, Mrs Scott. Ich bin ein alter Freund Ihres Großvaters. Ich habe vor ein paar Tagen durch die Anzeige für die Haushaltsauflösung von seinem Tod erfahren. Traurig, wirklich traurig. Mein Beileid.«

»Danke. Was kann ich für Sie tun?«

»Es ist sonst nicht meine Art, gleich mit der Tür ins Haus zu fallen, aber ich bin hergekommen, um Sie zu fragen, ob Sie schon Pläne für dieses Anwesen haben.«

»Nun ja, ich muss erst mal das ganze Zeug dadrinnen loswerden. Und zwar schnell, ich will nämlich so bald wie möglich zurück nach San Francisco.«

»Und das Haus selbst?«

»Werde ich verkaufen.«

»Es ist Ihnen wahrscheinlich zu einsam, nicht wahr? Ich stelle es mir unheimlich vor nachts hier auf dem Hügel, weit weg vom nächsten Nachbarn.«

Julia runzelte die Stirn. »Nein, eigentlich nicht. Ich bin gerne hier. Ich kann es mir nur nicht leisten.«

»Nun, ich sage es ganz direkt, Mrs Scott: Ich habe großes Interesse an dem Grundstück.« Luca zeigte sein strahlendstes Zahnpastalächeln.

Julias Augen weiteten sich. »Sind Sie sicher? Das Haus ist eine Bruchbude! Ich weiß, es ist nicht sehr clever, Ihnen das auf die Nase zu binden. Aber ich kann die Sache nicht schönreden. Die Villa ist in einem denkbar schlechten Zustand. Man müsste sie von Grund auf sanieren. Wenn Sie wirklich Interesse haben, sollte Ihnen das klar sein.«

Raphael Luca nickte. »Das ist mir durchaus bewusst. Aber dies ist ein magischer Ort, wissen Sie?« Er schloss für einen Moment die Augen und sog tief die Luft durch die Nase. Julia und Justus tauschten irritierte Blicke. »Lone Oak Hill hat eine starke kosmische Energie. Das kann ich spüren. Ich würde sie gern für meine spirituelle Arbeit nutzen.«

Auch Marcie Bronkowitz atmete tief durch. »Ja, wirklich. Jetzt, wo Sie es sagen. Wie aufregend!«

Justus verdrehte die Augen. »Wie viel wäre Ihnen diese *starke kosmische Energie* denn wert?« Er ließ keinen Zweifel daran aufkommen, dass er alles für Humbug hielt, was Luca gerade von sich gegeben hatte.

Mr Luca bedachte ihn lediglich mit einem kurzen Seitenblick, bevor er sich an Julia wandte und eine Summe nannte, die die Hausherrin kurz sprachlos machte.

»Wirklich? Sind Sie sicher? Das geht ein bisschen schnell. Ich meine …«

Raphael Luca lächelte amüsiert. »Ich dachte, das käme Ihnen entgegen, weil Sie ja zurück nach San Francisco wollen. Sie müssten das Haus nicht einmal ausräumen. Ich würde einfach alles mitkaufen, was drinnen ist. Ihr Großvater hat ja vieles gesammelt. Da erwerbe ich vielleicht noch ein paar schöne Kleinigkeiten und Sie haben keinen Ärger mehr mit der Haushaltsauflösung. Was sagen Sie?« Er streckte ihr die Hand entgegen.

Dabei fiel Justus' Blick auf die Armbänder an Lucas Handgelenk. An einem baumelte ein silberner Anhänger in Form eines Halbmonds.

»Da ist aber schon einiges weg«, sagte der Erste Detektiv, bevor Julia einschlagen konnte.

»Ach ja?«, fragte Luca irritiert.

»Mein Onkel hat ein paar Sachen gekauft. Schon vor der Haushaltsauflösung. Er hat einen Trödelladen. Ich sage das, weil es sonst unfair wäre. Wenn Sie das Haus mit allem, was drin ist, kaufen wollen, und gar nicht mehr alles da ist …«

Julia war kurz überrascht, schaltete aber schnell. »Ja, da hast du recht, Justus.«

»Was hat dein Onkel denn gekauft?«

»Ach, so dies und das. Sessel. Und Schmetterlinge. Eine Badewanne. Einen Glaskopf. Das Coolste ist aber der Bär. Ein echter Grizzly. Der steht jetzt bei uns an der Straße.«

Justus hatte Mr Luca genau beobachtet. Hatten sich seine Augen bei der Erwähnung des Glaskopfs kurz geweitet?

»Welchen Trödelladen hat dein Onkel denn, Junge?«

»Gebrauchtwarencenter T. Jonas in Rocky Beach.«

»Interessant.« Luca warf einen Blick auf seine goldene Armbanduhr. »Nun, ich habe noch einen Termin und muss mich beeilen. Sie wollen ja bestimmt noch ein wenig Bedenkzeit haben, nicht wahr, Mrs Scott? Überlegen Sie es sich gut. Ich werde noch einmal vorbeikommen. Auf Wiedersehen!« Er reichte ihr die Hand, nickte Marcie Bronkowitz zu, ignorierte Justus und stieg in seinen Tesla. Kurz darauf schnurrte der Wagen beinahe lautlos vom Grundstück.

Marcie Bronkowitz seufzte ergriffen. »Wieso wusste ich nicht, dass Mr Scott mit Raphael Luca befreundet war?«

»Weil es vielleicht gar nicht stimmt«, sagte Justus.

Marcie Bronkowitz schien ihn nicht gehört zu haben. »Ist er nicht hinreißend?«

»Nun ja«, murmelte Julia. »Ich fand ihn eher bizarr. Wie schnell er zur Sache gekommen ist! Aber sein Angebot ist verlockend. Glaubst du, es steckt mehr dahinter, Justus? Wegen der Geschichte mit deinem Onkel, die du dir ausgedacht hast?«

Der Erste Detektiv nickte. »Danke, dass Sie mitgespielt haben. Mr Luca trug einen Halbmond-Anhänger an seinem Handgelenk. Der junge Mann, der gestern nach dem Kristallschädel gefragt hat, trug etwas ganz Ähnliches um den Hals – und ebenfalls weiße Kleidung. Womöglich gehören die beiden zusammen. Deshalb war ich so frei, Mr Luca einen Köder vor die Nase zu halten. Einen Augenblick!« Justus zog sein Handy aus der Tasche und rief zu Hause an. »Guten Morgen, Tante Mathilda.«

»Justus! Gut, dass du dich meldest. Also, dieser Roosevelt mit seinen Rollschuhen – der rollt ständig von allein auf die Straße. Es ist zu windig heute. Du musst –«

»Ich kümmere mich drum«, versprach Justus. »Kannst du mir rasch einen Gefallen tun? In der Ecke mit dem ganzen Ramsch, du weißt schon, bei den Schirmständern und dem kaputten Plattenspieler, da steht ein Glaskopf in einem Regal. Sieht ein bisschen aus wie eine Blumenvase, ist aber eigentlich eine Wasserpfeife in Totenkopfform.«

»Du meinst dieses schreckliche Ding, das schon ganz eingestaubt ist, weil es seit Anbeginn der Zeit niemand kaufen will?«

»Genau das. Könntest du es zu den neuen Sachen aus Hunter Scotts Haus stellen, die wir gestern abgeladen haben?«

»Justus, warum um Himmels willen sollte ich das tun?«

»Ich könnte es dir erklären, aber es wäre viel zu kompliziert. Es muss nämlich jetzt gleich sein. Und wenn ein Herr in einem weißen Anzug auftaucht und danach fragt, dann lässt du dir nichts anmerken und behauptest, das Ding sei gestern erst reingekommen. Machst du das für mich? Bitte?«

»Und dann?«

»Nichts weiter.«

Mathilda Jonas stieß einen tiefen Seufzer aus. »Justus, ich mache mir manchmal Sorgen um dich.«

»Dazu besteht kein Grund, Tante Mathilda.«

»Na schön. Dir zuliebe. Aber dann tu du auch mir einen Gefallen.«

»Alles, was du willst.«

»Ich habe überraschend einen Termin beim Zahnarzt *und* beim Friseur bekommen. Heute Nachmittag. Du müsstest allerdings den Schrottplatz übernehmen.«

Das war zwar eine saftige Gegenleistung, aber Justus hatte keine Zeit für Diskussionen. »In Ordnung«, sagte er zähneknirschend.

»Und kümmere dich um Roosevelt, bevor dieses Vieh noch in einen Autounfall verwickelt wird.«

»Ja, mache ich.« Justus legte auf. »Ich muss sofort los, Mrs Scott. Sagen Sie Bob und Peter Bescheid? Und richten Sie Bob bitte aus, dass ich mir seinen Wagen geliehen habe!« Er eilte zum gelben Käfer. Der Wagen war nicht abgeschlossen und der Schlüssel hinter die Sonnenblende geklemmt. Der Erste Detektiv sprang hinein, ließ den Motor an und nahm die Verfolgung auf.

Kosmische Energien

Der gelbe Käfer verschwand gerade hinter den Bäumen, als Bob und Peter frisch geduscht und angekleidet auf die Veranda traten.

»Oh, guten Morgen, Mrs Bronkowitz!«, sagte der Zweite Detektiv überrascht.

Growler stürzte auf ihn zu, doch Marcie Bronkowitz ermahnte ihn mit erhobenem Zeigefinger und Growler gehorchte. »Hallo, Peter.«

»Hat Justus sich mein Auto genommen?«, fragte Bob verdattert. »Was ist denn hier los?«

»Das würde mich auch interessieren«, sagte Marcie. »Justus hat so geheimnisvoll getan. Ihr Jungs seid doch Detektive. Ist Mr Luca etwa in einen Kriminalfall verwickelt?«

»Das wird sich noch zeigen. Wir hatten hier gestern einen kleinen Zwischenfall.« Julia erklärte erst Mrs Bronkowitz und dann Peter und Bob, was passiert war.

»Wie aufregend«, fand Marcie Bronkowitz. »Aber ich kann

mir nicht vorstellen, dass Mr Luca etwas mit diesem Einbrecher von gestern zu tun hat. Einbruch und Diebstahl – so etwas hat er doch gar nicht nötig.«

»Offenbar nicht – wenn er es sich leisten kann, gleich das ganze Haus zu kaufen«, sagte Bob.

»Wegen der kosmischen Energien«, erklärte Mrs Bronkowitz wissend und betrachtete das Haus, als fragte sie sich, warum sie diese Energie vorher nie wahrgenommen hatte. »Geld scheint Mr Luca ja wirklich genug zu haben. Ich meine, wer so ein Batterieauto fährt. Denkt nur mal an die Stromrechnung! Wirst du ihm die Villa verkaufen, Julia?«

Julia zuckte mit den Schultern. »Ich fürchte, mir bleibt keine Wahl. Ich muss meinen Laden retten.«

»Dann war also keines in dem Umschlag? Geld, meine ich. Na, es hätte mich auch überrascht, wenn Mr Scott heimliche Reichtümer gehabt hätte.«

Julia runzelte die Stirn. »Was für ein Umschlag?«

»Na der, auf dem dein Name stand. In der Bibliothek. Ich nehme an, es war ein Brief. Ich habe selbstverständlich nicht reingesehen.«

»In der Bibliothek lag ein Umschlag? Wo soll der denn gewesen sein?«

»Auf Mr Scotts Schreibtisch. An seiner Schreibmaschine.«

»Wann?«

»Als ich das letzte Mal hier war.«

Julia wandte sich an Bob und Peter. »Habt ihr einen Brief gesehen?«

Die beiden schüttelten den Kopf.

»Schauen wir mal nach.« Julia führte sie ins Haus.

»Nanu, was ist denn mit der Tür los?« Mrs Bronkowitz zeigte auf das kaputte Schloss. »Als ich das letzte Mal hier war, funktionierte die noch tadellos.«

»Das Haus bricht eben auseinander. Man kann dabei zusehen.«

Sie gingen nach oben.

»Noch eine kaputte Tür!«, bemerkte Marcie Bronkowitz, als sie vor der Bibliothek standen.

»Eine lange Geschichte«, sagte Julia Scott und ließ Marcie vorgehen. Sie selbst betrat zwar den Raum, blieb aber in der Nähe der Tür. Geistesabwesend ließ sie ihren Schlüsselbund um den Finger kreisen.

In der Bibliothek rümpfte Marcie Bronkowitz die Nase angesichts der Matratzen und Decken auf dem Fußboden. Es roch auch nicht sehr frisch. Peter öffnete schnell ein Fenster und nahm anschließend den Schreibtisch unter die Lupe. Dort war kein Brief. Auch nicht in der einzigen Schublade. Nur ein Stapel Umschläge, ein Metallkästchen mit Briefmarken, ein weiteres mit Büroklammern, ein paar Stifte und eine Sammlung altmodischer Schreibmaschinenfarbbänder.

»Er lag genau dort«, sagte Marcie Bronkowitz. »Da bin ich ganz sicher. Seltsam. War zwischendurch Vollmond? Nein, oder? Heute erst.«

Julia runzelte die Stirn. »Was hat der Vollmond mit dem Brief zu tun?« Auch Bob und Peter sahen einander fragend an.

»Ach, gar nichts eigentlich.« Marcie Bronkowitz winkte lachend ab. »Ich dachte nur, weil … weil es ja manchmal merkwürdig ist mit dem Mond und der Bibliothek und so.«

»Was ist merkwürdig?«

»Ach, nichts«, wiederholte sie. »Ich hätte nicht damit anfangen sollen.«

»Nun sag schon, Marcie.«

»Na ja, ich hatte manchmal den Eindruck, dass bei Vollmond in diesem Raum merkwürdige Dinge vor sich gehen.«

»Was denn für Dinge?«

»Na, dein Großvater hatte manchmal gewisse … Mondanwandlungen, möchte ich es nennen.« Sie schaute Julia verunsichert an. »Ich hoffe, du nimmst mir das nicht übel.«

»Mein Großvater war ein schräger Vogel, Marcie, glaubst du, das ist mir neu? Ich weiß trotzdem nicht, was du mit Mondanwandlungen meinst.«

»Also schön.« Mrs Bronkowitz' Stimme senkte sich verschwörerisch. Bob und Peter wurde klar, dass sie sich in Wahrheit gar nicht zierte, sondern darauf brannte, mit ihrer Geschichte herauszurücken. »Da gab es diesen Abend. Es ist schon ein, zwei Jahre her. Ich war auf dem Weg nach Hause, da bemerkte ich, dass ich meinen Schlüssel vergessen hatte. Ich kehrte also um, betrat das Haus und rief nach Mr Scott, damit er sich nicht erschreckte. Aber er antwortete nicht. Ich machte mir gleich Sorgen. In dem hohen Alter weiß man ja nie. Also habe ich in jedes Zimmer geschaut. Aber er war nicht im Haus. Überall habe ich nachgesehen, aber Mr Scott war spurlos verschwunden. Ich ging sogar nach draußen und suchte den gesamten Waldrand ab. Als ich ins Haus zurückkehrte, um die Polizei anzurufen, öffnete sich plötzlich die Tür zur Bibliothek und Mr Scott schaute vom oberen Ende der Treppe zu mir herunter.«

»Also war er doch im Haus. Was hat er gesagt?«, wollte Peter wissen.

»Frech angegrinst hat er mich und wollte wissen, ob ich mal wieder etwas vergessen hätte. ›Wo haben Sie denn bloß gesteckt?‹, habe ich gesagt. Und er: ›Na, hier. In der Bibliothek.‹ ›Da war ich gerade‹, habe ich gesagt. Und er zeigte zum Fenster und sagte: ›Schauen Sie mal. Vollmond. In Vollmondnächten verschwinde ich manchmal. Wussten Sie das nicht?‹« Plötzlich schlug Marcie Bronkowitz die Hände vor den Mund. »Kosmische Energien! Was, wenn dein Großvater die auch gespürt hat, Julia?«

»Er hat kosmische Energien gespürt – und ist verschwunden?«, fragte Julia. »Ich bitte dich, Marcie.«

»Ich meine ja nur. Man weiß ja bis heute nicht so genau, was da eigentlich vor sich geht in diesem Kosmos.«

»Das ist doch Unsinn«, sagte Julia geradeheraus.

»Vielleicht wurde Hunter Scott weggebeamt«, flüsterte Peter so leise, dass nur Bob es hören konnte.

Der dritte Detektiv schüttelte unwillig den Kopf. »Wäre es nicht denkbar, dass Mr Scott sich einfach in der Bibliothek versteckt hat? Hinter dem Vorhang oder so?«

»Aber das ist doch Unsinn«, sagte Marcie Bronkowitz entschieden. »Warum hätte er das tun sollen?« Sie schüttelte den Kopf. »Ich weiß nicht, was da passiert ist. Aber diese Vollmondsache ging mir nicht aus dem Kopf. Einen Monat später blieb ich abends extra lange. Ich wollte Mr Scott einen Tee in die Bibliothek bringen – da hatte er sich doch tatsächlich eingeschlossen! Ist das zu glauben? Als er endlich auf mein Klopfen reagierte, sagte er, er wolle nicht gestört werden. Ich habe versucht, ihm diese Kindereien auszureden. ›Wenn Ihnen nun was passiert‹, habe ich gesagt, ›dann kommt niemand zu Ihnen hinein.‹ Aber davon wollte er nichts wissen.«

»Seltsam«, murmelte Julia und ließ den Schlüssel an ihrem Zeigefinger wippen.

»Na, da dachte ich halt: Vielleicht ist der Brief auch verschwunden. Genau wie Mr Scott damals. Es muss etwas mit diesen Energien zu tun haben! Wenn Raphael Luca deswegen gleich das ganze Haus kaufen will …«

Bob räusperte sich. »Wann genau haben Sie den Brief denn gesehen, Mrs Bronkowitz?«

Sie überlegte nur kurz. »Zwei Tage nach Mr Scotts Tod habe ich meine Sachen geholt, die noch hier waren. Ich hatte ja einen Schlüssel. Ich habe ein bisschen Ordnung gemacht und dabei auch den Brief entdeckt. Dann habe ich die Fenster und Türen geschlossen und bin gegangen. Da war die Haustür übrigens noch heil, da bin ich mir sicher!«

»Und wann kamen Sie von der Hochzeit Ihrer Freundin aus Florida?«, wollte Bob von Julia wissen.

»Zwei Tage später. Und da war das Türschloss bereits kaputt.«

»Vielleicht sollten wir es uns mal näher ansehen«, schlug der Zweite Detektiv vor.

Gemeinsam gingen sie wieder nach unten.

Peter, der sich mit Türschlössern auskannte, brauchte nicht lange, um die verräterischen Spuren am Holzrahmen zu entdecken. »Das Schloss wurde aufgebrochen«, sagte er grimmig.

Bob nickte. »Dann hat also jemand den Brief gestohlen.«

Mr Meyer nörgelt herum

Als Justus in die Sunrise Road einbog, stand der weiße Tesla schon vor den Toren des Schrottplatzes. Justus parkte etwas entfernt und legte das letzte Stück zu Fuß zurück.

Der Holzzaun, der den Schrottplatz umschloss, war von außen bunt bemalt. Eines der Bilder stellte eine Meeresszene dar, auf der ein Fisch aus dem Wasser schaute. Das Auge dieses Fisches war eigentlich ein Astloch. Justus steckte seinen Finger hinein und betätigte einen Mechanismus, mit dem sich eine versteckte Tür im Zaun öffnen ließ. Dies war das sogenannte Grüne Tor, das die drei ??? angelegt hatten, um den Schrottplatz ungesehen betreten oder verlassen zu können.

Der Erste Detektiv schob sich durch die Geheimtür und schloss sie leise. Er stand nun in einem kleinen Labyrinth aus Küchenmöbeln und lugte vorsichtig um einen Schrank herum. Tante Mathilda ging gerade in Begleitung von Raphael Luca auf dem Weg zu den Neuwaren an den gebrauchten Fahrrädern vorbei.

Justus schlich näher heran und beobachtete, wie Luca in Hunter Scotts Sachen stöberte. Schnell entdeckte er die gläserne Wasserpfeife in Totenkopfform. Er nahm sie in die Hand, schüttelte den Kopf und legte sie wieder zurück. Schon machte er sich auf den Rückweg, bedankte sich knapp bei Tante Mathilda und verließ den Schrottplatz.

Als Justus ihm folgen wollte, wurde er von seiner Tante entdeckt. »Justus! Das ging aber schnell. Da ist tatsächlich dieser Herr gekommen. Er ist gerade zum Tor raus.«

»Ich weiß«, raunte Justus und legte den Finger auf die Lippen.

Mathilda Jonas seufzte. »Lass mich raten. Ein neuer Fall. In der Wasserpfeife ist ein Piratenschatz versteckt.« Sie schüttelte den Kopf. »Hör zu, wenn du jetzt schon hier bist, könnte ich vor meinem Zahnarzttermin noch … Justus!«

Der Erste Detektiv hatte seine Tante einfach stehen gelassen. »Ich kann jetzt nicht«, zischte er über die Schulter zurück und eilte zum Grünen Tor. Dort spähte er um die Ecke. Luca stieg gerade in den Tesla. Justus wartete, bis der Wagen vorbeigefahren war, dann kletterte er durch den Zaun, rannte zu Bobs Auto und nahm die Verfolgung auf.

Luca fuhr zur Küstenstraße und bog nach Santa Monica ab. Der Verkehr war dicht. Justus befürchtete einige Male, den Wagen aus den Augen verloren zu haben. Doch zum Glück tauchte er jedes Mal wieder auf. In Santa Monica verließ Luca die Küstenstraße Richtung Hollywood, um dann erneut links in den Stadtteil Bel Air abzubiegen. Die Straße wurde steil und kurvig. In einer Villengegend hielt der Tesla schließlich an. Ein schmiedeeisernes Tor öffnete sich automatisch, ließ den Wagen hindurch und schloss sich wieder.

Justus hielt in einiger Entfernung und ging zum Tor. Dicht an die Mauer gedrückt, die das Grundstück von der Straße trennte, riskierte er einen kurzen Blick hindurch. Luca war vor einer Garage aus dem Tesla gestiegen und sprach nun mit einem jungen Mann, der gerade dabei war, die Pflanzen links und rechts der Auffahrt zurückzuschneiden. Justus erkannte ihn wieder. Es war der Mann mit dem schulterlangen Haar und dem Halbmond-Anhänger! Zum Glück standen die beiden nahe genug, dass Justus das Gespräch belauschen konnte.

»Ich glaube, du hast recht gehabt, Anton. Julia Scott weiß tatsächlich nichts über den Yukatan-Schädel. Aber ich werde ihn finden. Sie wird mir nämlich das Haus verkaufen. Ich habe ihr ein Angebot gemacht, das sie nicht ablehnen kann. Dummerweise konnte ich nicht am Ball bleiben. Da war dieser grässliche Junge, der behauptet hat … Ach, egal.« Luca atmete tief durch. »Ich kann kaum glauben, dass das lange Warten bald ein Ende hat. Tausende von Dollar habe ich dieser raffgierigen Mrs Unterthal für die anderen Schädel in den Rachen geworfen. Seit Jahren warte ich nur noch auf diesen letzten. Blöder Sturkopf von Hunter Scott! Er wollte einfach nie verkaufen, egal, wie viel ich ihm geboten habe. Und dann wird er auch noch fast hundert Jahre alt. Doch bald ist es endlich vorbei.«

»Deine Zeit ist gekommen, Raphael, das kann ich fühlen«, sagte Anton. »Bald werden die sieben Yukatan-Schädel wiedervereint sein. Das Warten hat sich gelohnt.«

Luca nickte versonnen. »Die kosmischen Mächte sind auf meiner Seite. Vielleicht erleben wir heute Abend schon die letzte unvollständige Vollmond-Zeremonie. Du kannst jetzt nach Hause gehen, Anton. Ich erwarte dich pünktlich eine Stunde vor Mondaufgang.«

»Natürlich. Danke.«

Schritte näherten sich. Eilig trat Justus den Rückzug an. Er lief in die nächste Seitenstraße hinein. Von hier aus beobachtete er, wie Anton auf die Straße trat und an ihm vorbeiging. Er war gerade hinter der nächsten Kurve verschwunden, als Justus' Handy in der Hosentasche vibrierte. Tante Mathilda rief ihn an.

»Justus Jonas. Ich muss in spätestens einer halben Stunde los. Wenn du bis dahin nicht wieder hier bist, vergesse ich mich!«

»Ich bin unterwegs, Tante Mathilda«, versicherte Justus und eilte zurück zum Wagen. In Santa Monica staute sich der Verkehr an den Ampeln. Justus beobachtete, wie die Passanten schneller vorankamen als er selbst. Sein Blick fiel auf die Schaufensterauslage eines Ladens namens *Doomed Dungeon*. Ein Touristengeschäft, das hauptsächlich Grusel- und Halloween-Artikel verkaufte wie Kostüme und Masken, aber auch nachgemachte Requisiten aus berühmten Horror-Filmen: blutige Messer, Pentagramm-Anhänger und Totenköpfe in allen Größen und Farben. Im Schaufenster leuchtete, dekorativ von künstlichen Spinnweben umhüllt, ein Totenschädel aus Glas. Er schien Justus anzugrinsen.

Der Erste Detektiv warf einen Blick auf die Uhr. In einer knappen Viertelstunde musste er auf dem Schrottplatz sein. Das war gerade noch zu schaffen. Er setzte den Blinker und fuhr rechts ran.

Als Justus vierzehn Minuten später den Wagen auf das Schrottplatzgelände steuerte, lag neben ihm auf dem Beifahrersitz der gläserne Totenkopf. Er hatte ein grimmiges Gesicht und sah weder einem echten Totenkopf noch den Yukatan-Kristallschädeln aus Bobs Recherche besonders ähnlich. Dafür leuchtete er auf Knopfdruck und hatte nur neunundzwanzig Dollar gekostet. Justus hoffte, dass er seinen Zweck erfüllen würde.

Tante Mathilda erwartete ihn schon ungeduldig. Als er aus dem Wagen stieg, stand sie vor ihm und sah demonstrativ auf die Uhr. »Gerade noch rechtzeitig. Da hast du aber Glück gehabt. Ich muss jetzt los. Sei nett zu den Kunden! Dass mir keine Klagen kommen. Und drück mir die Daumen, dass nicht gebohrt wird. Ich bin am späten Nachmittag wieder da.« Sie schwang sich auf ihr Fahrrad und radelte vom Hof.

Den Nachmittag über hatte Justus reichlich zu tun. Er verkaufte ein paar alte Single-Schallplatten, zwei grüne Sessel, einen Messerblock und ein Topfset. Danach wurde es leerer, bis sich kein Kunde mehr auf dem Schrottplatz befand. Eine gute Gelegenheit, Bob und Peter anzurufen, die Julia Scott noch in der Villa zur Hand gingen.

Justus berichtete seine Neuigkeiten. »Ich reime mir das so zusammen: Luca schickte diesen Anton zur Haushaltsauflösung, damit er Julia den Kristallschädel abkauft. Aber Julia wusste überhaupt nichts von einem Schädel. Sie erwähnte allerdings Anton gegenüber, dass sie Angst vor Totenköpfen hat. Anton erstattete Raphael Luca Bericht. Der kam auf den Gedanken, dass der Schädel irgendwo im Haus versteckt sein muss. Er beschloss, es gleich ganz zu kaufen, um in aller Ruhe danach suchen zu können. Geld scheint für ihn keine große Rolle zu spielen. Damit Julia auch wirklich verkauft, inszenierte er letzte Nacht den Spuk mit den Totenschädeln. Er wollte sichergehen, dass Julia am Ende nicht doch noch dort wohnen bleiben möchte.«

»Aber der Schädel wurde doch gestohlen«, warf Peter ein.

»Ja, aber davon weiß Raphael Luca nichts. Anton war ja schon weg, als der Diebstahl passierte.«

»Stimmt, eine schlüssige Theorie«, sagte Bob. »Ich habe übrigens vorhin ein bisschen mehr über diesen Mr Luca herausgefunden.«

»Erzähl!«

»Den Namen Raphael Luca hat er sich selbst gegeben. Eigentlich heißt er John Baker. Früher ist er mal Anlageberater gewesen. Danach Immobilienmakler, dann Fitnesstrainer, dann Karrierecoach. Schließlich war er Mitbegründer von Dawning TV. Von da an ging es aufwärts bei ihm. Er änderte seinen Namen und schrieb Bücher mit Titeln wie *Entdecke dein inneres Licht*, *Das Zehn-Punkte-Programm der ewigen Jugend* oder *Lunar Energy – das Kosmische Kraftzentrum*.«

»Das passt genau zu dem Eindruck, den ich von ihm hatte«,

sagte Justus. »Immobilienmakler und Fitnesstrainer. Er macht diesen Esoterikkram nur, weil er damit Erfolg hat. Nicht, weil er davon überzeugt ist, dass Kupferpyramiden Kakteen zum Blühen bringen. Er ist ein Scharlatan, der Menschen wie Marcie Bronkowitz das Geld aus der Tasche zieht.«

»Auf seiner Webseite bietet er allerlei Kurse und Workshops an«, fuhr Bob fort. »Klangschalen-Meditation und Selbstheilung durch Farbtherapie und so Zeug. Die Preise dafür sind ganz schön happig.«

»Stand da auch was von der Vollmond-Zeremonie, die er heute Abend abhalten will?«

»Nein, das scheint was Exklusives zu sein.«

»Diese Zeremonie muss etwas mit den Kristallschädeln zu tun haben. Wir sollten unbedingt vor Ort sein, um mehr herauszufinden.«

»Da ist noch etwas«, sagte Bob und berichtete von dem verschwundenen Brief.

»Kollegen, der Fall nimmt Fahrt auf«, sagte Justus begeistert. »Ich würde am liebsten sofort zu euch kommen und nach Spuren suchen, aber ich kann nicht einfach den Schrottplatz zumachen. Tante Mathilda würde mir den Kopf abreißen.«

»Deinen Kopf brauchen wir noch«, sagte Bob. »Aber wir sind sowieso noch mit dem Büchersortieren beschäftigt.«

»Ich komme, sobald ich kann.« Justus legte auf. Er hatte vom Bürohäuschen aus telefoniert, um den Schrottplatz im Blick zu haben. Mr Meyer, der etwas anstrengende Stammkunde, hatte vor zwei Minuten den Hof betreten und stöberte schon wieder in den Neuerwerbungen herum. Scheppernd fiel etwas um. Justus seufzte und ging nach draußen. Als der kleine Herr mit der Halbglatze und der Nickelbrille ihn bemerkte, fuchtelte er mit seinem Spazierstock.

»Guten Tag, kann ich Ihnen helfen?«

Mr Meyer beäugte Justus misstrauisch über den Rand seiner Brille hinweg. »Arbeitest du hier?«, fragte er wie fast jedes Mal, da er Justus immer wieder zu vergessen schien. Er hatte eine schnarrende Stimme und einen starken deutschen Akzent. »Da ist was umgefallen.«

Justus richtete ein paar Kehrbesen wieder auf und fragte währenddessen: »Interessieren Sie sich für etwas Bestimmtes?«

»Die Bücher hier. Aber ich kann die Titel nicht lesen. Viel zu weit weg. Muss die Kiste auf dem Boden stehen? Ich kann mich nicht mehr bücken.«

Justus stellte die Kiste auf einen der Stühle aus Hunter Scotts Nachlass. »Besser so?«

Mr Meyer brummte etwas Unverständliches, beachtete die Bücher aber nicht weiter. Stattdessen deutete er mit seinem Gehstock auf den Schirm einer Stehlampe. »Da ist ein Riss drin.«

»Da haben Sie recht, Sir.« Tante Mathildas Worte hallten in Justus' Ohr nach – ›Dass mir keine Klagen kommen!‹ – und er bemühte sich, freundlich zu bleiben. »Es ist ja auch keine neue Lampe. Dies ist ein Gebrauchtwarencenter.«

»Wer soll denn so was kaufen!«

»Sie offenbar nicht«, sagte Justus ungeduldig.

Mr Meyer wandte sich den alten Schreibmaschinen zu, in die Onkel Titus sich so verliebt hatte. »Und die da taugen auch nichts.« Er patschte mit einer Hand auf ein paar Tasten. Prompt verhakten sich die Buchstaben. »Siehst du. Die müssen mal gereinigt werden. Und die Walzen sind total hinüber. Man muss immer ein zweites Blatt Papier einspannen, um die Walze zu schonen. Sonst drücken die Buchstaben durch. Aber das wisst ihr jungen Leute ja nicht mehr. Ruiniert hast du sie!«

Justus holte tief Luft. »Ich wiederhole es gern noch mal, Sir: Dies ist ein Gebrauchtwarencenter. Es gibt hier *gebrauchte* Waren. Diese Schreibmaschinen habe ich noch nie in meinem Leben benutzt. Sie gehörten einem alten Herrn, der sie bestimmt gehegt und gepflegt hat. Aber sie ist schätzungsweise achtzig Jahre alt. Da darf auch mal die Walze nicht mehr ganz intakt sein, denke ich. Davon abgesehen hilft es wenig, wenn Sie auf den Tasten herumhämmern, während *gar* kein Blatt eingespannt ist. Von einem zweiten ganz zu –« Justus verstummte mitten im Satz.

»Tja, jetzt fällt dir nichts mehr ein«, triumphierte Mr Meyer.

»Wissen Sie was? Sie haben recht.« Justus strahlte den Mann an. »Unsere Ware ist in einem unverantwortlichen Zustand. Als Entschädigung schenke ich Ihnen ein Buch.« Justus griff nach dem erstbesten Band aus der Kiste und drückte ihn dem verdatterten Herrn in die Hand. »Bitte schön. Und nun entschuldigen Sie mich.« Er ließ Mr Meyer einfach stehen und ging.

In diesem Moment radelte Tante Mathilda auf den Schrottplatz. Sie hatte eine neue Frisur und sah glücklich und gelöst aus. Offenbar war nicht gebohrt worden. »Alles gut gegangen«, sagte sie fröhlich. »Und bei dir?«

»Acht Singles, die zwei grünen Sessel von letzter Woche, ein Messerblock und ein Topfset«, zählte Justus seine Verkäufe auf. »Ich müsste ganz dringend noch mal weg.«

»Aber natürlich, mein Junge, ich bin ja jetzt wieder da!«

Das ließ Justus sich nicht zweimal sagen. Nur Augenblicke später war er schon auf dem Weg zurück zum Lone Oak Hill.

Die Schreibmaschinenbotschaft

Auf dem Lone Oak Hill hockten Bob und Peter seit Stunden vor dem riesigen Regal in der Bibliothek und begutachteten jedes einzelne Buch. Marcie Bronkowitz hatte sich längst verabschiedet. Julia war so nett gewesen, ihnen ein paar Sandwiches als Mittagssnacks zu machen. Doch sie hatte die Bibliothek gleich wieder verlassen und war irgendwo im Haus beschäftigt.

Das Sichten der Bücher war mehr Arbeit als gedacht, denn Hunter Scott hatte sich für alles nur Denkbare interessiert. Er hatte Romane aus der ganzen Welt besessen, Geschichtsbücher, Atlanten, Gedichtbände, Kochbücher, Bildbände. Inzwischen stapelte sich die Hälfte davon auf dem Fußboden in verschiedene Kategorien. Bob hatte Peter erklärt, worauf er achten sollte, doch langsam begannen die einzelnen Titel vor Peters Augen zu verschwimmen.

»Kinderbücher hat er auch gehabt: *Der König von Narnia*«, sagte Peter und gähnte herzhaft.

»In einer schönen alten Ausgabe«, bemerkte Bob. »Auf den Sammlerstapel damit!«

Das nächste Buch, das der Zweite Detektiv aus dem Regal zog, machte ihn allerdings sofort hellwach. »Bob! Guck mal! *Das Geheimnis der Kristallschädel.*«

Bob riss es ihm beinahe aus der Hand, war aber schnell enttäuscht. Es war eines dieser Bücher, in denen es von Mysterien und Verschwörungen, von Spuk und unerklärlichen Phänomenen nur so wimmelte. Bob las ein paar Überschriften aus dem Inhaltsverzeichnis vor: »*Kristallschädel – ein 8000 Jahre altes Geheimnis? Was wussten die alten Maya? Das Geheimnis der ewigen Jugend. Unendliches Wissen – gespeichert im Kristall. Stammen die Schädel von Außerirdischen?*« Er schaute Peter an. »Da hat der Autor aber ganz schön aus dem Vollen geschöpft. Macht bestimmt Spaß, das Buch auf dem Klo zu lesen. Aber allein schon die Werbung auf den letzten Seiten: ›Außerdem in dieser Reihe erschienen: *Alien-Pyramiden, Verschollen im Bermuda-Dreieck* und *Ufos – sie sind unter uns.*‹ Ernst nehmen kann man das alles leider nicht.« Er gab Peter das Buch zurück.

Dieser machte beim Blättern eine Entdeckung. »Hunter hat es anscheinend ernst genommen. Da sind nämlich Notizen mit Bleistift drin.«

»Tatsächlich?« Ein weiteres Mal entwand Bob dem Zweiten Detektiv das Buch und blätterte nun selbst darin. Jemand hatte einige Passagen angestrichen, vor allem im Kapitel *Ewige Jugend*. Der dritte Detektiv überflog die entsprechenden Textstellen. »Hier steht, dass die Kristallschädel eine heilende Wirkung haben. Sie bündeln kosmische Energie.«

»Da haben wir sie wieder«, murmelte Peter.

»Wer sich in ihrer Nähe aufhält, kann von Krankheiten geheilt werden. Außerdem verlängern Kristallschädel das Leben.«

Der Zweite Detektiv hob eine Augenbraue. »Hunter Scott ist neunundneunzig Jahre alt geworden.«

»Peter!«, sagte Bob vorwurfsvoll. »Kosmische Energie, was soll denn das überhaupt sein?«

»Frag Marcie Bronkowitz.«

Bob blätterte weiter, stieß aber nur auf eine einzige weitere Unterstreichung im Kapitel *Was wussten die alten Maya?*. Er las vor: »›Schon die Maya hatten verstanden, dass die Mächte des Himmels und der Gestirne ihr Leben beeinflussen. Die regelmäßigen Kristallschädel-Zeremonien wurden bei Vollmond abgehalten, um die verjüngende Kraft des Mondes zu bündeln.‹«

»Vollmond«, wiederholte Peter. »Kristallschädel-Zeremonie. Hunter Scott verschwand in Vollmondnächten aus seiner Bibliothek. Und gestern Nacht ist der Kristallschädel aus dem Wald verschwunden. Was hat das alles zu bedeuten?«

Bob zuckte mit den Schultern. »Ich habe keine Ahnung.«

Das vertraute Knattern von Bobs Käfer ließ sie aufhorchen.

Peter sah aus dem Fenster. »Just ist zurück.«

Wenig später betrat der Erste Detektiv die Bibliothek und stellte seinen geschulterten Rucksack auf den Boden. »Ich hatte gerade eine interessante Begegnung.«

»Und wir haben eine interessante Entdeckung gemacht!« Peter erzählte aufgeregt von ihrem Fund.

»Eine Vollmond-Zeremonie mit Kristallschädeln«, sagte Justus. »Genau das muss es sein, was dieser Raphael heute Abend vorhat.«

»Es sieht so aus«, gab Bob zu. »Aber ›die verjüngende Kraft des Mondes bündeln‹ und so weiter? Ich bitte dich. Das ist doch alles Blödsinn.«

»Natürlich ist es Blödsinn. Aber es gibt Menschen, die bereit sind, für die verjüngende Kraft des Mondes eine Menge Geld hinzublättern. Ich werde das niemals begreifen. Wieso glauben Menschen so etwas? Wieso zahlen sie viel Geld für etwas, für dessen Wirksamkeit es lediglich Behauptungen gibt, aber keine Studien, keine belastbaren Beweise, keine wissenschaftliche Erklärung, nicht einmal eine wissenschaftliche *Grundlage*, ganz zu schweigen von –«

»Ist ja gut, Just«, unterbrach Peter ihn. »Wir haben es verstanden.«

»Vernunftwidriges Verhalten erregt nun mal mein Gemüt.« Kopfschüttelnd sah der Erste Detektiv aus dem Fenster, wo die Sonne schon tief am Himmel stand. »Trotzdem oder vielleicht auch genau deswegen dürfte der heutige Abend aufschlussreich werden.«

»Was war das für eine interessante Begegnung, von der du gerade sprachst?«, kam Bob auf die Ankündigung des Ersten Detektivs zurück.

»Mit Mr Meyer.«

»Das ist doch diese Nervensäge, die jeden Tag bei euch auf dem Schrottplatz auftaucht.«

Justus nickte. »Nachdem er ein wenig herumgenörgelt hatte, erzählte er mir etwas über den Schutz von Schreibmaschinenwalzen. Wusstet ihr, dass man früher manchmal ein zweites Blatt hinter das erste gelegt hat, um die Walze zu schützen?« Justus ging zu Hunter Scotts Schreibmaschine, in die ein weißes Blatt Papier eingespannt war. »So wie das hier.« Er nahm das Blatt genauer in Augenschein. »Da sind Abdrücke von Buchstaben zu sehen! Kollegen, mit etwas Glück war der Brief an seine Enkelin das Letzte, was Hunter Scott geschrieben hat.«

»Du meinst, der Text hat sich durchgedrückt?«, fragte Peter. »Zeig mal!« Behutsam drehte der Zweite Detektiv das Blatt Papier aus der Schreibmaschine und legte es auf den Tisch.

»Da sind tatsächlich Buchstaben zu erkennen«, bemerkte Bob. »Eine ganze Menge Buchstaben allerdings! Hunter Scott hat nicht nur einen Brief mit diesem zweiten Schutzblatt dahinter geschrieben, sondern einige. Das ist ja ein einziges Durcheinander! So wird das nichts.« Bob schob das Papier beiseite und suchte in der Schublade nach einem Bleistift. »Wenn ich das Blatt ganz leicht schraffiere, erkennen wir vielleicht mehr.«

»Ein guter Gedanke, Bob«, lobte Justus. »Aber behutsam, bitte, sonst sieht man gar nichts mehr.«

Bob begann vorsichtig in der rechten oberen Ecke. Er hielt den Bleistift so schräg wie möglich und gab so gut wie keinen Druck auf die Spitze. Auf diese Weise strich er vorsichtig von links nach rechts über das Papier und trug eine blasse Farbschicht auf. Dort, wo sich Buchstaben durchgedrückt hatten, traten diese hell hervor.

»Es klappt!«, rief Peter begeistert. Nun konnte man mehr lesen. Am Durcheinander der Buchstaben änderte es allerdings nichts. Nur dort, wo es bei anderen Schreiben eine Leerzeile gegeben hatte, lichtete sich der Buchstabensalat ein wenig. Wann immer Bob ein Wort eindeutig entziffern konnte, nannte er es Justus, der es niederschrieb.

»*Lone Oak Hill, den soundsovielten* … das Datum oben rechts wurde häufiger getippt. *Sehr geehrte* … Er scheint auch Geschäftsbriefe mit der Maschine geschrieben zu haben. Jetzt kommt erst mal ein großes Kuddelmuddel. *Habe … möchte … ich bin … mein … und … aber … kannst … hast … lingsbuch …*«

»Und, aber, kannst, hast?«, wiederholte Peter. »Damit kann man ja überhaupt nichts anfangen. Und was, bitte, ist ein Linksbuch?«

»Nicht links, sondern lings. Ich nehme an, es heißt Lieblingsbuch. Aber ich lese nur vor, was sich zweifelsfrei erkennen lässt … *kleinen … zurück … wusste … Angst … Yukatan …*«

Justus horchte auf. »Was? Wirklich?«

»Da steht's!«

»Tatsächlich.«

»Das Wort davor könnte *mein* heißen. Und das danach … ist schon wieder nicht zu entziffern.«

»Aber da!«, rief Peter. »Da steht *Uhr*. Oder nicht?«

»Da steht *Uhr*«, bestätigte Bob. »Und hier *othek*!«

»Das könnte Bibliothek heißen.«

»Ganz genau.«

Peter schaute zu den Trümmern der alten Standuhr hinüber. »Yukatan, Uhr, Bibliothek. So langsam wird ein Schuh draus.«

»Dann steht hier noch *terthal*«, fuhr Bob fort und sofort hakte Justus nach.

»Moment, was steht da?«

»*terthal*. Die anderen Buchstaben kann ich nicht entziffern.«

»Könnte es eventuell Unterthal heißen?«

Eine steile Falte erschien auf Bobs Stirn. »Ja, durchaus möglich. Wer oder was ist Unterthal? Und wieso kommt mir das so bekannt vor?«

»Der Name fiel heute in dem Gespräch zwischen Luca und seinem Gehilfen Anton. Luca sagte, er hätte der raffgierigen Mrs Unterthal tausende von Dollar für die anderen Schädel in den Rachen geworfen.«

Bob grübelte. »Unterthal … Unterthal … Moment mal! Das Motel!«

»Bei dem du gestern Abend Ärger bekommen hast?«

Der dritte Detektiv nickte aufgeregt. »Als der Besitzer rauskam und mich anpflaumte, steckten ein paar Leute die Köpfe zur Tür raus. Unter anderem ein Mr Unterthal! Joe, der Eigentümer, hat ihn so angesprochen. Das hätte ich fast vergessen.«

»Das kann kein Zufall sein«, war Justus überzeugt.

»War das vielleicht der Dieb?«, fragte Peter.

Bob schüttelte den Kopf. »Der Lederjackentyp war klein und drahtig, der Mann im *Sleep Inn* ein Riesenkerl.« Er schaltete sein Handy ein und machte eine schnelle Recherche. Der Name Unterthal war zum Glück sehr selten. »Es gibt ein Juweliergeschäft namens Unterthal in Orlando, Florida.«

»Und?«, fragte Peter unbeeindruckt.

»Die haben sich auf Kristallschmuck spezialisiert.« Bob überflog die Webseite des Juweliers. »Das Geschäft wurde vor achtzig Jahren von einem Alois Unterthal gegründet. Heute führt es seine Urenkelin Gwendolyn Unterthal. Tja, mehr steht hier nicht.«

»Kristallschmuck«, murmelte Peter. »Meint ihr, das hängt mit unserem Fall zusammen?«

»Falls ja, müssen wir auf jeden Fall noch ergründen, wie sich dieses Puzzleteil ins Gesamtbild einfügt«, sagte Justus. »Wir sollten diesem Motel baldmöglichst einen zweiten Besuch abstatten.«

»Gleich jetzt?«, fragte Bob.

»Ich habe noch eine Kleinigkeit vor.« Justus gab sich geheimnisvoll. »Aber dafür brauche ich Julia.«

Als hätte sie auf ihr Stichwort gewartet, erklangen Schritte auf der Treppe und kurz darauf stand Julia in der Tür zur Bibliothek. Sie hatte einen Teller mit Schokoladenkeksen in den Händen. »Na, Jungs, was macht die Arbeit? Und wie laufen die Ermittlungen?«

»Wir machen Fortschritte«, antwortete Justus. »Aber es fehlen noch ein paar entscheidende Puzzleteile.«

»Vielen Dank für die Kekse«, sagte Bob.

Julia stellte den Teller auf den Schreibtisch. Sie wollte schon wieder gehen, da fiel ihr Blick auf einen Bücherstapel. »*Der König von Narnia*«, sagte sie und nahm das Buch zur Hand. »Das hatte ich beinahe vergessen. Mein Großvater hat mir früher daraus vorgelesen. Ich weiß gar nicht, was ich mehr geliebt habe – das Buch oder die Art und Weise, wie er König Aslan eine Stimme gegeben hat. Nanu, was treibst du denn da, Justus?«

Justus hatte sich an seinem Rucksack zu schaffen gemacht. Nun zog er die Vorhänge vor die Fenster. »Ich verdunkle den Raum«, sagte er.

»Aber wozu?«, fragte Julia beklommen.

Der Erste Detektiv schloss den letzten Vorhang und drehte sich um. In seiner rechten Hand hielt er den Schädel aus Glas, den er in dem Laden in Santa Monica gekauft hatte. Dank einer eingebauten LED leuchtete er von innen.

Julia griff sich an die Brust, schnappte nach Luft und machte einige Schritte zurück. »Nicht!«, keuchte sie. »Nimm ihn weg! Bitte!«

Justus ging stattdessen einen Schritt auf sie zu. »Ich möchte, dass Sie sich erinnern, Julia. Haben Sie keine Angst. Es ist nur ein Stück Glas.«

»Nein!« Julia Scott drehte sich um und verließ fluchtartig die Bibliothek.

Nur ein Stück Glas

Erschrocken schauten Bob und Peter ihr hinterher, dann sahen sie den Ersten Detektiv an. »Was sollte das denn, Justus?«, wollte Peter wissen. »Ist das etwa der gestohlene Schädel?«

»Nein. Ich habe ihn aus einem Gruselshop in Santa Monica.«

»Und was wolltest du mit diesem Auftritt bezwecken?«, fragte Bob.

»Julia Scott weiß etwas über den Kristallschädel ihres Großvaters«, sagte Justus. »Da bin ich mir ziemlich sicher. Sie hat schon so extrem reagiert, als du ihr gestern die Bilder auf dem Handy gezeigt hast, Bob. Und dann noch einmal in der Nacht, als der leuchtende Schädel am Waldrand auftauchte.«

»Da habe ich auch extrem reagiert«, meinte Peter. »Es war nämlich extrem gruselig. Du warst nicht dabei, Just. Warum sollte Julia uns etwas verschweigen? Sie hat uns schließlich als Detektive engagiert.«

»Ich glaube nicht, dass sie etwas verschweigt. Eher verdrängt. Sie hat Angst vor dem Anblick eines Kristallschädels, weil er etwas in ihr auslöst. Ich wollte diese Reaktion noch einmal herbeiführen und sie dazu bewegen, sich ihrer Angst zu stellen und ihr auf den Grund zu gehen. Deshalb habe ich vorhin dieses Ding gekauft und es ihr ohne Vorwarnung gezeigt.«

»Tja, die Reaktion hast du auf jeden Fall bekommen«, sagte Peter düster. »Aber du bist reichlich übers Ziel hinausgeschossen.« Der Zweite Detektiv schüttelte leicht den Kopf. »Ich sehe mal nach ihr.« Er verließ die Bibliothek.

Bob nahm den Schädel in die Hand, entdeckte den kleinen Schalter für die Beleuchtung und knipste sie aus. »Das war wirklich ein bisschen zu viel, Just.«

»Ja, vielleicht«, gab der Erste Detektiv zu. »Ich dachte, es wäre eine gute Idee.« Er zog die Vorhänge wieder zurück und schaute aus dem Fenster. Das Haus warf einen langen Schatten, der mit dem Waldrand verschmolz. »Die Sonne geht bald unter. Wir können nicht erst zum Motel fahren und dann zu Lucas Vollmond-Zeremonie, dafür ist die Zeit zu knapp. Ich schlage vor, wir teilen uns auf. Peter und du, ihr fahrt zum *Sleep Inn* und ich zu Raphael Luca.«

Sie verließen die Bibliothek, um Peter von ihrem Plan zu unterrichten. Der saß gemeinsam mit Julia in der Küche.

»Ich habe gerade von dem Schutzpapier in der Schreibmaschine erzählt«, sagte Peter.

»Aber die paar Wörter, die ihr entziffert habt, sagen mir auch nichts. Auch nicht der Name Unterthal.«

»Es tut mir leid, dass ich Sie erschreckt habe, Julia«, sagte Justus. »Das war nicht meine Absicht. Ich wollte Ihnen lediglich klarmachen, dass man vor einem Stück Glas keine Angst zu haben braucht. Ich hatte gehofft, dass Sie sich vielleicht doch noch an etwas erinnern, das mit dem Kristallschädel und Ihrem Großvater zu tun hat. Aber da bin ich wohl ein wenig zu weit gegangen.«

»Und ich habe vielleicht etwas überreagiert«, gab Julia zu. »Du hast ja recht. Es ist nur ein Stück Glas. Ich werde darüber nachdenken.«

»Wir müssen jetzt leider aufbrechen. Es gibt zwei Spuren zu verfolgen.«

»Was, jetzt?« Julia war erschrocken. »Und wenn sich dieser Verrückte von gestern Abend wieder hier herumtreibt?«

»Wenn Ihnen irgendetwas verdächtig erscheint, rufen Sie uns an. Dann kommen wir so schnell wie möglich zurück. Versprochen.«

Sie teilten sich auf. Justus fuhr ein weiteres Mal mit Bobs Käfer, während Peter und Bob den MG nahmen.

Als die beiden Detektive das Motel erreichten, war die Sonne hinter den Bergen verschwunden. Die Dämmerung zog auf. Auch Peter stellte den Wagen auf dem Gelände der Tankstelle ab, damit sie sich dem Motel zu Fuß nähern konnten.

»Wenn wir von der Straße kommen, wird Joe uns sofort sehen. Er hat von seiner Rezeption aus einen Blick auf die Einfahrt. Das ist mir letztes Mal zum Verhängnis geworden.«

»Dann müssen wir irgendwie hintenrum.« Peter blickte über das Gelände. Das Grundstück war eingezäunt. Dahinter stieg das Gelände an. Der sandfarbene Hang war spärlich bewachsen.

»Über den Zaun kommen wir schon irgendwie rüber«, war Peter überzeugt.

Sie gingen querfeldein und umrundeten das Motel weitläufig, bis sie an seiner Hinterseite angekommen waren. Tatsächlich entdeckten sie schnell eine Stelle, an der der Maschendrahtzaun so verbogen war, dass sie im Schutz der Dunkelheit darunter hindurchkriechen konnten. Bald standen sie an der Rückseite des Gebäudes.

»Sieh mal!«, sagte Bob. »Da steht ein schwarzer Honda.«

»Und nicht nur das. Außerdem ein rotes Motorrad mit gelben Flammen an der Seite. Auf diesem Ding ist der Dieb gestern geflohen. Also doch. Jetzt begreife ich gar nichts mehr. Der Dieb des Kristallschädels und der Unbekannte, der Julia letzte Nacht Angst einjagen wollte, gehören zusammen?«

»Es sieht so aus.«

»Aber wieso sollte man erst einen Kristallschädel stehlen und dann noch mal zurückkehren und diesen Budenzauber im Wald veranstalten?«

»Das darfst du mich nicht fragen, Peter.«

»Mir ist das zu kompliziert. Ich weiß nur, dass Justus recht hatte. Das Motel ist eine heiße Spur.«

»Hm. Mr Unterthal wohnt da oben. Die dritte Tür von links.«

Sie spähten hinauf. Hinter dem angrenzenden Fenster flackerte es bläulich.

»Er ist da und schaut fern«, bemerkte Peter. »Was jetzt?«

»Wir warten. Vielleicht bricht er ja bald zu Raphaels Vollmond-Zeremonie auf.«

»Warum sollte er?«

»Ich habe keine Ahnung, Peter. Könnte doch sein.«

Zunächst öffnete sich jedoch die Tür neben Mr Unterthals Zimmer. Eine junge Frau trat auf den Laubengang. Ihr blondes Haar schimmerte im Licht der Außenbeleuchtung. Sie klopfte an Unterthals Tür, die sich kurz darauf öffnete.

Mr Unterthal streckte kurz den Kopf heraus und redete mit ihr. Die Frau nickte und ging. Eilig lief sie die Treppe hinab, stieg in den schwarzen Honda und fuhr los.

»Was machen wir jetzt?«, fragte Peter.

»Wir sehen uns in ihrem Zimmer um, was sonst?«

Auf dem Weg zur Treppe schaute Bob immer wieder zur Rezeption hinüber. Joe ließ sich nicht blicken. Die Stufen quietschten grässlich. Und auf dem mit Holzbohlen ausgelegten Laubengang hallten ihre Schritte dumpf wider.

»Da wären wir.« Vor Zimmer 14 zog Peter seine Dietriche hervor.

»Beeil dich!«, zischte Bob und lauschte auf jedes Geräusch, das aus Zimmer 13 drang. Doch er hörte nur das Gelächter einer Sitcom, die im Fernsehen lief.

Das Schloss gab klackend nach. »Schnell rein«, raunte Peter. Sie drückten sich durch die Tür und schlossen sie. »Puh.«

Bob legte den Finger auf die Lippen. Auch hier konnte man den laufenden Fernseher aus dem Nachbarraum deutlich hören. »Die Wände sind aus Pappe, Zweiter. Wir machen besser keinen Mucks.«

Peter nickte stumm, verschloss die Tür sicherheitshalber von innen und sah sich um. Durch den orangefarbenen Vorhang drang gerade genügend Licht von der Laterne draußen herein, dass sie keine Taschenlampen brauchten.

Ein Bett, ein kleiner brauner Tisch, ein Stuhl, eine Garderobe, ein Kühlschrank und ein muffiger Teppichboden, mehr hatte das Motelzimmer nicht zu bieten. Neben dem Bett stand ein geöffneter Koffer, auf dem Schreibtisch lagen ein paar Papiere. Bob warf einen Blick ins angrenzende winzige Badezimmer, aus dem ein modriger Geruch drang. Hier gab es nur ein paar Kosmetikartikel, nichts Auffälliges.

»Bob, sieh mal!«, flüsterte Peter. In dem geöffneten Kofferdeckel lag etwas Dunkles, Wuscheliges. Im ersten Moment sah es aus wie ein pelziges Tier. »Eine Perücke! Und obendrauf ein Schnauzbart! Weißt du, was das heißt?«

»Der Lederjackentyp! Unser Dieb von gestern … war eine Diebin.«

Peter strich über die Perücke. Etwas glänzte darunter. Er nahm sie hoch und schnappte überrascht nach Luft. Leere gläserne Augenhöhlen starrten ihn finster an. »Der Kristallschädel!«

Lauscher an der Wand

»Nein. *Ein* Kristallschädel«, korrigierte Bob. »Genau genommen nicht mal Kristall. Das Ding ist aus Glas.« Er hob den Schädel hoch. Dabei rutschte ein Halstuch, das neben der Perücke gelegen hatte, zur Seite. Darunter kam ein weiterer Schädel zum Vorschein. »Zwei sogar!« Bob betrachtete den Totenkopf von allen Seiten. »Schau mal, hier sind auch LEDs angebracht, genau wie bei dem Ding, das Justus gekauft hat.« Einen Schalter fand Bob nicht, dafür entdeckte Peter aber eine kleine Fernbedienung. Damit ließ sich das Licht beider Schädel aktivieren, je nachdem, auf welchen man die Fernbedienung richtete. Es gab sogar verschiedene Farben und Beleuchtungsfunktionen. Grün blinkend hatte der Schädel gar nichts Unheimliches mehr an sich, sondern sah aus wie eine billige Partykeller-Dekoration.

»Jetzt stell dir mal vor, man platziert diese beiden Dinger nachts in einem Wald, zwanzig Meter voneinander entfernt«, sagte Bob. »Man lässt erst den einen aufleuchten, dann schaltet man ihn mit der Fernbedienung aus und lässt eine Sekunde später den anderen aufleuchten.« Er führte es vor. »Würde es in der Dunkelheit nicht so aussehen, als wäre ein und derselbe Schädel von einer Stelle zur anderen gebeamt worden?«

Peter dachte darüber nach. »Aber dann hätte der ausgeschaltete Schädel doch trotzdem dort sein müssen.«

»Das war er vielleicht auch. Aber es war dunkel. Und du wurdest sofort vom anderen Schädel abgelenkt.«

Peter dachte einen Moment darüber nach. »Du hast recht, Bob. Es könnte wirklich nur ein Trick gewesen sein.«

»Damit wäre dieses Rätsel also gelöst«, sagte Bob zufrieden. »Justus lag falsch. Es war nicht Mr Luca, der den Spuk veranstaltet hat, um Julia Scott zu ängstigen. Es war die Diebin. Die Frage ist nur, warum sie das getan hat.«

Nebenan dröhnte immer noch der Fernseher. Die Sitcom war vorbei. Jetzt lief Werbung. Ein Bett knarrte. Schwere Schritte erklangen.

Peter und Bob hielten den Atem an. Doch Mr Unterthal ging nur in sein Badezimmer. Kurz darauf hörten sie die Toilettenspülung, danach wieder das Knarren des Bettes.

»Ich dachte schon, der kommt rüber«, seufzte Peter.

»Wir beeilen uns besser mit dem Rest des Zimmers. Mal sehen, was wir sonst noch finden.«

Der Inhalt des Koffers bestand im Wesentlichen aus Kleidungsstücken. Auf dem Schreibtisch lagen neben einem Wasserkocher und kleinen Tütchen mit Instantkaffee, Milchpulver und Zucker einige Papiere herum.

»Flugtickets«, erkannte der Zweite Detektiv. »Orlando, Florida – Los Angeles, Kalifornien. Für Gwendolyn Unterthal. Das ist die Eigentümerin von diesem Kristall-Juwelier, Bob! Und der Kerl nebenan? Ist das ihr Mann?«

»In einem separaten Zimmer? Wohl eher ihr Bruder.«

»Gwendolyn ist vor sieben Tagen angekommen.«

»Hm, genau wie Julia«, bemerkte Bob. »Ebenfalls aus Florida, wo sie auf einer Hochzeit war. Und was haben wir hier?« Bob zog einen geöffneten Briefumschlag hervor. Darauf stand in gräulichen Schreibmaschinenlettern nur ein Wort: `Julia`. »Peter! Das ist Hunter Scotts Brief!« Vorsichtig zog Bob das dünne Papier aus dem Umschlag und faltete es auseinander. »Liebe Julia«, las Bob vor – und zuckte zusammen, als Peter seinen Unterarm packte. Draußen näherte sich ein Auto. Peter huschte zum Fenster und spähte am orangefarbenen Vorhang vorbei auf den Parkplatz. »Der schwarze Honda ist zurück!«

Der Wagen parkte und Gwendolyn Unterthal stieg aus.

»Verdammt«, murmelte Bob. »Der Brief muss warten.« Er zog sein Handy aus der Tasche, fotografierte den Brief ab, faltete ihn wieder zusammen und steckte ihn zurück in den Umschlag. »Und jetzt nichts wie weg hier.«

»Zu spät«, sagte Peter. Mrs Unterthal stieg bereits die quietschende Treppe herauf. »Wir kommen hier nicht mehr raus, ohne dass sie uns sieht. Wir müssen uns verstecken.«

»Schnell, unters Bett!« Bob warf sich auf den Boden und robbte unter das Gestell. Es war so niedrig, dass er mit dem

Rücken unter dem Lattenrost entlangschrammte. Der Teppich unter seinem Gesicht roch ranzig. Peter kroch neben ihn.

Die Schritte auf dem Laubengang kamen näher und schon drehte sich ein Schlüssel im Schloss. Gwendolyn Unterthal betrat ihr Zimmer. Bob und Peter hielten den Atem an.

Die Frau legte eine raschelnde Tüte aufs Bett, dann ging sie ins Badezimmer und wusch sich die Hände. Der Duft eines chinesischen Nudelgerichts breitete sich aus. Sie kehrte ins Schlafzimmer zurück und blieb mitten im Raum stehen. Bob hatte den Kopf gedreht. Sein Blick fiel auf ihre Turnschuhe. Und auf den künstlichen Schnurrbart. Sie hatten vergessen, ihn zurück in den Kofferdeckel zu legen. Anscheinend hatte auch Gwendolyn ihn entdeckt.

Das Haus von Raphael Luca lag ein gutes Stück von der Straße entfernt inmitten eines üppig bepflanzten Gartens an einem Berghang. Seine weiße Fassade leuchtete glutrot im Licht der untergehenden Sonne.

Der Erste Detektiv stand ein Stück entfernt auf der anderen Straßenseite unter einem Baum, spielte mit einem Ast, den er aufgehoben hatte, und fragte sich, wie er auf das Grundstück gelangen sollte. Die umgebende Mauer war ebenso wie die eiserne Pforte zu hoch, um einfach drüberzuklettern. Ein in die Mauer eingelassener Lautsprecher ließ eine Gegensprechanlage vermuten. Aber Justus konnte ja schlecht einfach klingeln.

Ein glänzender Mercedes-Oldtimer näherte sich, wurde langsamer und hielt am Straßenrand. Ein älterer Mann stieg aus. Er hatte stoppeliges graues Haar und trug weite Leinenkleidung in verschiedenen Gelbtönen. An der Pforte klingelte er. Wenig später ertönte der Summer, ohne dass jemand an die Gegensprechanlage gegangen wäre, und er trat ein. Die Pforte fiel wieder ins Schloss.

»Sollte es so einfach sein?«, murmelte Justus, doch er wagte nicht, es auf die gleiche Weise zu probieren.

Er wartete, bis ein weiteres Auto parkte, ein knallroter Sportwagen. Die Fahrerin trug eine überlange weiße Jacke mit Kapuze, die sie tief ins Gesicht gezogen hatte. Lediglich ihre großen Kupferohrringe lugten darunter hervor. Auch sie klingelte am Tor. Justus setzte sich in Bewegung und tat so, als würde er auf sein Handy starren und seiner Umgebung keine weitere Beachtung schenken. Die junge Frau trat durch die Pforte. Als sie langsam zufiel, musste Justus nur minimal sein Tempo reduzieren, um im Vorbeigehen den Ast dazwischenzustecken und das Tor am Zufallen zu hindern. Er ging unauffällig weiter, wartete kurz an der nächsten Biegung, kehrte wieder zurück und betrat heimlich den Garten. Leise und mit reichlich Abstand folgte er der Frau.

Links und rechts eines Pfads aus Steinplatten standen flackernde Kerzen auf dem Boden. Sie führten zur Rückseite des Hauses, wo sich die Grenzen des Grundstücks in der Dunkelheit verloren. Die ersten Sterne leuchteten am Himmel.

Auf einer großen wilden Wiese standen etwa ein Dutzend Leute inmitten eines Kreises aus Kerzen. Justus erkannte Luca und Anton, beide trugen weiße Gewänder. Die Anwesenden redeten leise miteinander, doch der Erste Detektiv war zu weit entfernt, um etwas zu verstehen. Er näherte sich dem Lichtkreis von der Seite und legte sich in ausreichender Entfernung flach auf den Bauch. Von hier aus hatte er eine gute Sicht.

Nicht weit von der kleinen Gruppe entfernt war eine eigenartige Apparatur aufgebaut, die Ähnlichkeit mit einer Satellitenschüssel hatte. Sie hatte etwa einen Meter Durchmesser. Das Innere der Schüssel war verspiegelt. Vor diesem Gebilde befanden sich ein seltsames Metallgestänge und sechs hölzerne Kisten.

Nach und nach stellten sich die Anwesenden im Halbkreis auf und sahen erwartungsvoll zu Luca.

Raphael Luca lächelte in die Runde und breitete die Arme aus. »Ich grüße euch! Ein weiteres Mal sind wir zusammengekommen, um die Magie der Kristallschädel zu erfahren. Um die kosmische Energie zu empfangen, wie schon die alten Maya es taten. Um unseren vergänglichen Körpern ein Stück Unsterblichkeit zu schenken.« Er hob den Kopf und schaute zum Berghang hinter seinem Grundstück, dessen Umriss sich schwarz vor dem Nachthimmel abzeichnete. Der Effekt wurde verstärkt durch den Vollmond, der sich gerade hinter dem Hang emporschob und den Garten in immer heller werdendes silbernes Licht tauchte. Justus duckte sich tiefer. Doch zum Glück achtete keiner der Anwesenden auf die Umgebung. Alle Augen waren nach oben gerichtet.

Während der Vollmond groß und prächtig seinen Platz am Himmel einnahm, widmete sich Luca den Holzkisten. Er öffnete die erste und hob vorsichtig mit beiden Händen einen Kristallschädel heraus. Er streckte ihn für einen Moment dem Mond entgegen wie für eine Segnung. Dann stellte er ihn vorsichtig in das Metallgestänge, das eine extra zu diesem Zweck konstruierte Haltevorrichtung zu sein schien. Mit den anderen fünf verfuhr er genauso. Am Ende standen sechs Schädel in einem Dreieck übereinander.

Derweil hatte Anton die versilberte Schüssel in die richtige Position gedreht. Nun bündelte sie das Mondlicht wie ein Hohlspiegel und warf es auf die Rückseite der sechs Schädel. Das Licht drang durch den Kristall und strahlte aus den Augen wieder heraus.

Es war ein unheimliches Bild. Selbst Justus, der diese ganze Zeremonie lächerlich fand und niemanden, der daran teilnahm, ernst nehmen konnte, empfand den Anblick als … machtvoll. Es war das erste Wort, das ihm in den Sinn kam, auch wenn er es Peter und Bob gegenüber vermutlich nicht ausgesprochen hätte.

Raphael Luca erhob seine Stimme: »Beginnen wir!« Er schritt an den Anwesenden vorbei und blickte jedem von ihnen für einen Moment in die Augen. Bei der Frau mit der Kapuze blieb er stehen und reichte ihr die Hand, als forderte er sie zum Tanz auf. Sie ließ sich von ihm zu den Kristallschädeln führen. Dort setzte sie sich in einen Schneidersitz und streifte die Kapuze ab. Lange blonde Haare kamen darunter zum Vorschein. Justus erkannte sie. Es war Cora Corman, die bekannte Pop-Sängerin, die seit einiger Zeit mit fast jeder neuen Single die Charts eroberte! Das gebündelte Mondlicht fiel auf ihr Gesicht. Blasse regenbogenfarbene Sprenkel schimmerten auf ihrer Haut.

Erst jetzt sah Justus sich die anderen Teilnehmer genauer an. Hatte er den kleinen Mann mit dem kurzen Bart nicht schon mal in einem Film gesehen? Und die ältere Frau mit der runden Brille – das war die Moderatorin Natalie Williams.

»Seit Jahrtausenden bündeln die Yukatan-Schädel die Energie des Universums!«, fuhr Luca fort. »Um sie zu empfangen, öffnen wir unseren Geist. Und um uns zu verjüngen, lassen wir den Mond seine Macht ausüben.«

Raphael Luca legte Cora Corman von hinten die linke Hand auf die Schulter. Sie konnte nicht sehen, wie er mit der Rechten langsam etwas aus den Falten seines weißen Gewands zog. Es war eine Spritze. Ihre Nadel schimmerte silbern im Mondlicht, während sie sich langsam Cora Corman näherte.

Blut und Licht

Justus riss die Augen auf.

Keiner der Umstehenden reagierte und Mrs Corman schien von der drohenden Gefahr nichts zu ahnen. Der Erste Detektiv spannte seine Muskeln und war bereit, aufzuspringen und einzugreifen.

Da endlich bemerkte sie aus den Augenwinkeln die Spritze. Doch anstatt zu erschrecken, schloss sie die Augen und streckte ihren rechten Arm aus.

Luca hielt ihn fest. Nun trat Anton näher. Er desinfizierte die Armbeuge mit einem Tupfer, nahm die Spritze entgegen, setzte sie an und stach in die Haut. Justus zuckte innerlich zusammen. Auch Cora Corman zuckte, ließ es aber geschehen. Die Spritze füllte sich mit Blut. Die anderen blieben in ihrem Halbkreis stehen, hielten sich an den Händen und sahen dabei zu. Niemand sprach ein Wort.

Schließlich zog Anton die Nadel aus Cora Cormans Arm und klebte ein Pflaster auf die kleine Wunde. Dann reichte er

Mrs Corman die Spritze mit ihrem eigenen Blut. Sie nahm sie lächelnd entgegen und hielt sie genau an den Punkt, an dem das gebündelte Licht aus den sechs Schädeln zusammentraf. Die dunkelrote Flüssigkeit schimmerte. Mrs Corman holte tief Luft und stimmte einen geheimnisvollen Gesang an, in den die anderen Teilnehmer nacheinander einfielen. Sie sangen Worte einer fremden Sprache, die Justus nicht zuordnen konnte. Die Stimme der jungen Sängerin hob sich laut und klar von den anderen ab.

Nach etwa einer Minute nahm Anton ihr die Spritze wieder ab und injizierte ihr das Blut in den anderen Arm. Sie seufzte und lächelte dabei. Nachdem auch die zweite Wunde versorgt war, erhob sich die Sängerin und machte Platz für den nächsten in der Runde, einen älteren hageren Mann.

Das Ritual wiederholte sich. Auch beim zweiten Mal erschauerte Justus, als der Mann sich Blut abnehmen ließ. Nacheinander kamen alle Anwesenden an die Reihe. Der unheimliche Gesang hallte dabei ohne Pause über die Wiese. Als Letzter war Luca selbst dran. Nachdem Anton ihm sein Blut wieder injiziert hatte, stellte er sich erneut vor die Gruppe. Mit einem letzten Vers verstummte der Gesang. Für einen kurzen Moment breitete sich gespenstische Stille aus, bevor Luca sagte: »Nehmt dieses kosmische Geschenk. Lasst euch heilen von der Magie der Yukatan-Schädel. Möge sie uns ein langes Leben bescheren.«

Damit war es vorbei. Das Ritual war beendet. Luca verstaute die Schädel wieder in ihre Kisten. Der Halbkreis löste sich auf, einige Kerzen wurden wieder entzündet und die Leute begannen, leise miteinander zu reden. Justus schnappte einzelne Sätze auf.

»Es ist jedes Mal wie ein Jungbrunnen!«

»Ich bin Raphael so dankbar.«

»Meine Haut ist schon viel straffer geworden.«

Justus verdrehte die Augen, als er das hörte.

Einige der Teilnehmer verließen den Kreis und machten sich auf den Weg zur Straße, andere wanderten noch plaudernd durch den Garten. Zeit für Justus, zu verschwinden. Doch plötzlich war es für einen unbemerkten Rückzug zu spät. Cora Corman kam in Begleitung einer anderen jungen Frau direkt auf ihn zu! Der Erste Detektiv drückte sich so flach wie möglich auf den Boden.

Ein spitzer Schrei zerriss die Nacht. »Hier ist jemand!«

Justus sprang auf und rannte los. Hinter ihm wurden Rufe laut. »Verdammte Paparazzi!«

Kam ihm jemand nach? Der Erste Detektiv vergaß jede Vorsicht und lief quer über den dunklen Rasen, anstatt dem beleuchteten Weg zu folgen. Als er das Tor erreichte, war die Moderatorin Natalie Williams gerade auf dem Weg nach draußen. Erschrocken sprang sie zur Seite. Justus stürmte an ihr vorbei. Er rannte zum Käfer, sprang hinein und gab Gas. Im Rückspiegel sah er noch, wie Anton wütend durch das Tor stürzte und ihm mit der Faust drohte, bevor er hinter der nächsten Biegung verschwand.

Während Justus auf dem Weg zurück zum Lone Oak Hill war, steckten Bob und Peter in Zimmer 14 des *Sleep Inn* in Schwierigkeiten. Gwendolyn hatte den falschen Schnauzbart auf dem Boden gefunden. Bob sah, wie sie in die Hocke ging und danach griff. Wenn sie sich noch ein Stück weiter vorbeugte, würde sie die Jungen entdecken.

Plötzlich hämmerte jemand gegen die Wand.

»Gwen, bist du zurück?«, drang eine Stimme dumpf aus dem Nachbarzimmer. »Ich habe Hunger.«

»Ja doch!« Gwendolyn erhob sich, nahm die raschelnde Tüte und verließ den Raum.

Peter atmete auf, doch Bob legte den Finger auf die Lippen. Leise krochen sie unter dem Bett hervor. Von nebenan drangen undeutliche Stimmen durch die Wand.

Peter war schon an der Tür. Er wollte so schnell wie möglich verschwinden. »Komm schon!«, zischte er.

Doch da wurde nebenan der Fernseher ausgeschaltet und die im Nachbarzimmer gesprochenen Worte waren viel deutlicher zu vernehmen. Bob presste sein Ohr an Wand. Peter folgte zögerlich seinem Beispiel.

»Du hättest mir ruhig zwei Portionen mitbringen können.«

»Sonst noch was, Nic? Sei froh, dass ich überhaupt an dich gedacht habe.«

»Ich kann halt schlecht, mit meinem Bein.«

»Jaja, dein Bein. Die Allzweck-Ausrede. Ständig muss ich alles machen. Sogar extra aus Florida anreisen, weil du dir nicht zugetraut hast, in Scotts Haus einzusteigen.«

»Das war ein paar Tage nach meinem Unfall, Gwen! Ich konnte zu dem Zeitpunkt noch nicht mal laufen! Glaubst du, mir macht das Spaß? Andersherum wäre es mir auch lieber gewesen. Ich kann mir nämlich nicht vorstellen, dass ich mich gestern in der Villa so dämlich angestellt hätte wie du.«

»Oh, vielen Dank, Nic!«, erwiderte sie giftig. »Du machst es dir verdammt leicht, ist dir das klar? Wenn alles an mir hängen bleibt, bin ich auch die Einzige, die einen Fehler machen kann.«

»Fehler!« Nic schnaubte verächtlich. »Diese Uhr zu zertrümmern und das komplette Haus zu alarmieren, war kein Fehler, sondern mit Abstand die größte Dummheit, die je ein Mensch begangen hat.«

»Ich bin in Panik geraten!«, verteidigte sich Gwen lautstark. »Wie oft soll ich das denn noch erklären. Als die plötzlich gegen die Tür pochten – was hätte ich denn tun sollen?«

»Dich unauffällig verdrücken vielleicht!«

»Dann wäre Scotts Enkelin auf die Uhr aufmerksam geworden. Ich hatte schließlich schon das Pendel ausgebaut.«

»Du hättest es wieder einbauen können.«

»In den zehn Sekunden, die mir blieben? Nic, du warst nicht dabei. Du hättest an meiner Stelle auch nicht gewusst, was du tun sollst.«

»Du hättest gar nicht auf die bescheuerte Haushaltsauflösung warten sollen, um an die Uhr heranzukommen!«

»Hätte, hätte, hätte! Woher *hätte* ich wissen sollen, wann Julia Scott nicht im Haus ist? Sollte ich mich vielleicht tagelang auf die Lauer legen? Die Haushaltsauflösung war eine sichere

Nummer. Und es hätte auch geklappt. Wenn etwas in der Uhr versteckt gewesen wäre. War es aber nicht. Ist das etwa auch mein Fehler?«

Nic brummte etwas Unverständliches, bevor er zerknirscht zugab: »Nein. Es ist aber auch zum Verrücktwerden. Wir haben keine Ahnung, wo der verdammte Schädel ist.«

Bob und Peter sahen einander mit großen Augen an. Gwen, die Diebin, hatte den Kristallschädel gar nicht gestohlen? Das Versteck in der Uhr … war leer gewesen?

»Raphael Luca hat uns einen Haufen Geld für die letzten drei Schädel bezahlt. Früher oder später wird er bei Hunter Scotts Enkelin auf der Matte stehen und dieser ahnungslosen Frau Schädel Nummer sieben abkaufen, wahrscheinlich für eine lachhafte Summe. Wir müssen ihm zuvorkommen, Gwen. Nicht nur wegen des Geldes. Du weißt genau: Wenn sie ihm das Ding verkauft und er hinter das Geheimnis der Yukatan-Schädel kommt, sind wir geliefert.«

Die Suche nach dem Kristallschädel

»Was hat das denn nun wieder zu bedeuten?«, raunte Peter.

Bob winkte ab. Er wollte kein Wort von dem verpassen, was die beiden besprachen. Doch im Moment sagte niemand etwas. Nic und Gwendolyn schienen zu essen.

»Diese Gwen hat den Schädel gar nicht geklaut«, flüsterte Peter. »Dann hat sie den ganzen Zauber letzte Nacht am Waldrand wahrscheinlich genau deshalb veranstaltet. Damit Julia ihn freiwillig herausrückt. Oder wie oder was?«

»Peter, ich weiß es doch nicht!«, zischte Bob genervt.

»Just muss davon erfahren«, murmelte der Zweite Detektiv und zog sein Handy aus der Tasche. Er schrieb eine Nachricht. Als Bob ihn fragend ansah, zeigte Peter ihm das Display: *Der Kristallschädel ist noch in der Villa!* Peter tippte auf Senden.

»Dieses Zeug schmeckt nach gar nichts«, knurrte Nic Unterthal auf der anderen Seite der Wand. »Wann machst du mit deinem abstrusen Plan weiter, Gwen?«

»Der Plan ist nicht abstrus. Es war absolut richtig, Julia Scott Angst einzujagen, du wirst schon sehen. Sie wird uns den Kristallschädel bereitwillig verkaufen, wenn wir das nächste Mal bei ihr auftauchen. Sie wird uns noch Geld dazugeben, damit wir ihn nehmen!«

»Vorausgesetzt, *sie* weiß, wo das Ding ist. Wann willst du sie fragen?«

»Sobald diese drei komischen Burschen verschwunden sind. Ich kann die überhaupt nicht einschätzen, aber sie haben mir letzte Nacht schon dazwischengefunkt. Ob sie zur Familie gehören? Früher oder später werden sie sich hoffentlich verziehen.«

»Meine Güte, Gwen, dieses Essen ist wirklich furchtbar! Und in diesem verdammten Motelzimmer gibt es natürlich nirgendwo Salz.«

»Bei mir stand welches«, sagte Gwen.

Peter und Bob tauschten entsetzte Blicke aus. Schon hörten sie die Tür von Zimmer 13.

»Zurück unters Bett!«, zischte Bob.

Sie warfen sich zu Boden.

»Wenn sie wieder weg ist, hauen wir aber ab!«, zischte Peter.

»Schhh!«

Gwendolyn betrat den Raum. Sie stöberte in den kleinen Tütchen auf dem Schreibtisch herum. »Ach, verdammt, das ist ja bloß Zucker«, murmelte sie und war schon halb wieder draußen, als mit einem melodischen Klingeln eine Nachricht auf Peters Handy einging.

»Seltsam«, murmelte Justus. Er war auf dem Weg zum Lone Oak Hill gewesen, als eine Nachricht von Peter eingegangen war. Doch Justus hatte noch das letzte Stück zurückgelegt, bevor er sie gelesen hatte.

Der Kristallschädel ist noch in der Villa!

Was hatte das zu bedeuten? Justus war versucht, Peter anzurufen. Doch der hatte sicherlich einen Grund, ihm diese Neuigkeit schriftlich mitzuteilen. Also schrieb er zurück: *Bist du sicher? Wo? Bin wieder in der Villa. Wann kommt ihr?* Er schickte die Nachricht ab und stieg aus.

Der Vollmond tauchte den Wald und Hunter Scotts Haus in ein unwirkliches Licht. Anthrazit und Silber, fast wie in einem Schwarz-Weiß-Film, nur durchbrochen vom warmen Gelb hinter dem Küchenfenster.

Julia saß in der Küche bei einer Tasse Tee und war wie schon am Vormittag mit den Fotos des Hauses beschäftigt. Als Justus eintrat, schob sie den Laptop beiseite und sah den Ersten Detektiv erwartungsvoll an. »Und?«

»Raphael Luca hat sich da einen sehr exklusiven Kreis zahlungskräftiger Kunden aufgebaut.« Justus berichtete von seinem Erlebnis auf Lucas Grundstück. »Die Reichen und Schönen von Hollywood sind bereit, ihren Reichtum zu schmälern, um ihre Schönheit zu erhalten. Straffere Haut! Ewige Jugend! Ich will gar nicht wissen, um wie viel er die ganzen Stars und Sternchen Monat für Monat für einen Blick auf seine Kristallschädelsammlung erleichtert. Die Gäste sind handverlesen. Cora Corman hat wahrscheinlich einige Millionen auf dem Konto. Es wäre ihr allerdings wohl nicht recht, wenn herauskäme, dass sie ihr Vermögen für obskure esoterische Praktiken ausgibt. Beim Betreten des Grundstücks hatte sie zumindest ihre Kapuze ins Gesicht gezogen. Und als sie mich entdeckte, hielt sie mich für einen Paparazzo. Zum Glück konnte ich fliehen.«

»Du ereiferst dich ja richtig«, bemerkte Julia.

»Ich kann einfach nicht verstehen, warum immer wieder Menschen auf solche Scharlatane hereinfallen.«

»Aber es ist doch ihre Sache, wofür sie ihr Geld ausgeben. Und es trifft ja keine armen Leute.«

»Das ist wahr. Aber als jemand, der den gesunden Menschenverstand als das Wertvollste erachtet, das wir besitzen, fällt es mir schwer, dies zu akzeptieren.« Er schüttelte den Kopf. »Genug davon. Kümmern wir uns lieber um Probleme, die wir mit unserem Verstand auch lösen können. Allen voran um die Frage: Wo ist der Kristallschädel?«

Julia runzelte die Stirn. »Na, der Dieb hat ihn.«

»Anscheinend nicht.« Justus zeigte ihr Peters Nachricht. »Leider hat Peter sich noch nicht wieder gemeldet. Ich weiß also nicht, was es mit seiner Behauptung, der Schädel befinde sich noch hier im Haus, auf sich hat. Die beiden müssen etwas herausgefunden haben, das sich meiner Kenntnis entzieht. Aber nehmen wir an, es stimmt – dann ist der Dieb in der Standuhr Ihres Großvaters nicht fündig geworden.«

»Aber wir haben den Schädel doch gesehen«, warf Julia ein. »Der Dieb hatte ihn in der Hand.«

»Haben wir das wirklich? Er könnte aus Glas gewesen sein wie der, den ich heute Nachmittag gekauft habe. Der Dieb könnte geplant haben, den echten gegen den falschen auszutauschen. Doch das Versteck in der Uhr war leer. Und deshalb ist der echte Schädel noch im Haus.«

»Eine unheimliche Vorstellung.« Julia erschauderte unwillkürlich.

»Wir müssen ihn finden.«

»Aber wie? Wo willst du mit der Suche anfangen?«

»In der Bibliothek. Der verschwundene Brief, von dem wir ein paar Bruchstücke rekonstruieren konnten, weist darauf hin. Wie auch Marcie Bronkowitz' Bericht über das seltsame Verhalten Ihres Großvaters. In der Bibliothek werden wir Antworten finden, da bin ich ganz sicher.«

Der Laptop schaltete in den Ruhe-Modus. Julia schaute nicht einmal hin, doch Justus erinnerte sich plötzlich an etwas, das er Julia schon am Vormittag hatte fragen wollen. Raphael Lucas unerwartetes Auftauchen hatte ihn davon abgelenkt. »Darf ich noch einmal einen Blick auf die Fotos werfen?«

Julia runzelte irritiert die Stirn. »Ja, natürlich.«

Justus zog den Laptop zu sich heran und klickte die Fotos durch. »Da. Der Uhrenturm auf dem Dach. Die Uhr stand auf Viertel nach elf. Jetzt steht sie auf zwanzig vor fünf. So wie gestern.«

»Sie wird in den letzten Tagen stehen geblieben sein.«

»Genau. Sie braucht wahrscheinlich eine neue Batterie. Aber wer hat die bisher gewechselt? Ihr Großvater? Ist er mit einer Leiter aufs Dach geklettert? Mit neunundneunzig? Ich habe nämlich keine Luke oder dergleichen gesehen, durch die man das Türmchen betreten könnte.«

Eine steile Falte erschien auf Julias Stirn. »Ich habe nie darüber nachgedacht. Aber ich weiß, dass die Uhr immer richtig ging, wenn ich meinen Großvater besucht habe. Er muss sich darum gekümmert haben, du hast vollkommen recht. Ganz sicher jedoch nicht mit einer Leiter. Eine so lange Leiter gibt es gar nicht im Haus.«

»Der Dieb hat die Standuhr zertrümmert, weil er etwas gesucht hat. Er muss einen Hinweis gehabt haben, dass in der Standuhr etwas versteckt ist. Aber vielleicht war das ein Missverständnis. Vielleicht war nicht die Standuhr gemeint, sondern die Uhr im Türmchen. Wenn mich mein räumliches Vorstellungsvermögen nicht trügt, befindet es sich genau über der Bibliothek, nicht wahr?«

»Das müsste stimmen.«

Justus erhob sich vom Tisch. »Wollen wir nachsehen?«

Julia nickte und folgte ihm ins obere Stockwerk. In der Bibliothek brannte kein Licht. Drei Rechtecke aus Mondlicht fielen auf die Trümmer der Standuhr, die Bücherwand und den Schreibtisch, auf dem der Neunundzwanzig-Dollar-Glasschädel stand. Justus bemerkte erneut Julias Zögern. Sie stand in der Tür und spielte mit ihrem Schlüssel.

»Noch etwas weist auf die Bibliothek als Ort der Antworten

hin«, sagte Justus. »Und das sind Sie, Julia. Sie mögen diesen Raum nicht. Und Sie haben Angst vor dem Kristallschädel. Eine Angst jenseits des Erwartbaren, wenn Sie mir diese Bemerkung gestatten.«

»Ja«, sagte Julia mit belegter Stimme. Sie schaute in den Raum hinein, als lauerte dort ein unbekannter Schrecken. »Du hast recht. Ich war wütend auf dich, als du mir vorhin dieses leuchtende Ding vor die Nase gehalten hast. Aber nachdem ihr alle weg wart, habe ich mich gefragt, warum das so ist. Warum ich den Anblick dieses Schädels kaum ertrage. Ich habe leider keine Antwort gefunden. Aber irgendetwas löst dieses Ding in mir aus.«

»Bei der Ergründung dieser Frage kann ich Ihnen nur wenig helfen. Aber ich kann Ihnen versichern, dass dieses Stück Glas Ihnen nichts anhaben kann. Und ich kann Ihnen versprechen, dass ich Sie nicht allein lasse, wenn Sie sich Ihrer Angst stellen wollen.« Justus streckte ihr die Hand entgegen. Aber das war unnötig, denn Julia trat bereits über die Schwelle.

Hunters kleines Rätsel

Julia Scott stand mitten im Raum und sah sich um. »Angststörungen können manchmal mit Konfrontationstherapien behandelt werden«, sagte der Erste Detektiv ruhig. »Wenn zum Beispiel jemand Angst vor Spinnen hat, dann zeigt man dem Betroffenen zunächst Bilder von Spinnen. Später dann echte. Erst kleine, dann größere. Aus der Ferne und schließlich von ganz nah. Oft dauert es nur wenige Stunden, bis das Opfer seine Angst vor Spinnen verl–« Justus verstummte.

Julia war schnurstracks auf den Totenkopf aus Glas zugegangen. Ihre Hand zitterte, als sie sie nach dem Schädel ausstreckte. Sie ergriff ihn, drehte ihn, schaute ihm in die leeren Augenhöhlen und schaltete schließlich die Beleuchtung ein. »Es ist wirklich lächerlich. Das Ding ist furchtbar billig und hässlich, sonst nichts. Aber irgendetwas daran … finde ich furchteinflößend.« Sie sah zur Bücherwand hinüber und kniff die Augen zusammen. »So wie diese Wand.«

»Was meinen Sie damit?«

»Ich mag die Wand nicht.«

»Sie mögen die Wand nicht?«

»Nein. Sie war mir immer unheimlich. Deshalb habe ich deinen Onkel nach jemandem gefragt, der das Sortieren der Bücher übernehmen kann.« Sie ging darauf zu, den leuchtenden Schädel als Taschenlampe verwendend. Die Hälfte der Bücher war ausgeräumt und lag in Stapeln auf dem Boden. Nachdenklich betrachtete Julia die leeren Regalbretter. Gleichzeitig schien ihr Blick durch sie hindurchzugehen und in unbestimmte Ferne gerichtet zu sein. »Es ist wie im Supermarkt, wenn man weiß, dass man noch etwas einkaufen wollte, aber man kommt einfach nicht drauf, was es war. Hier ist was. Aber ich weiß nicht, was.« Ratlos wandte sie sich den Bücherstapeln zu und nahm ein altes Kinderbuch zur Hand.

»Der König von Narnia«, sagte Justus.

»Mein Lieblingsbuch als Kind.«

»Lieblingsbuch? Augenblick.« Justus ging zum Schreibtisch und nahm das mit Bleistift schraffierte Blatt Papier zur Hand. »Yukatan. Uhr. Bibliothek. Lieblingsbuch«, murmelte er. »Wir wissen es nicht genau, Julia, aber es könnte sein, dass Hunter in seinem Brief an Sie ein Lieblingsbuch erwähnt hat. Vielleicht Ihr Lieblingsbuch? Vielleicht dieses Buch? Darf ich mal sehen?« Der Erste Detektiv nahm es ihr aus der Hand. Es war eine schöne alte Ausgabe. Auf dem Cover waren ein paar Kinder zu sehen, die gerade in einen großen Schrank kletterten. Justus blätterte die Seiten durch, doch weder fiel ein Zettel heraus noch gab es irgendwelche Markierungen.

Julia schaute auf das Umschlagsbild und wieder zur Bücherwand. »Eine Tür«, sagte sie leise. »Da müsste eine Tür sein.«

»Wie bitte?«

»In *Der König von Narnia* geht es darum, dass ein paar Kinder durch einen alten Schrank hindurch in ein fantastisches Land gelangen. Das hat mich als kleines Mädchen immer fasziniert. Dass man vielleicht eines Tages durch eine geheime Tür an einen wunderbaren Ort gelangen könnte. Durch einen Schrank oder durch … ein Bücherregal.« Sie zeigte auf die Wand und wiederholte: »Genau dort. Frag mich nicht, wie ich darauf komme, Justus, aber … ich bin irgendwann einmal genau dort durch eine Tür gegangen.« Julia schloss die Augen, als versuchte sie, Erlebnisse aus der Vergangenheit heraufzubeschwören. »Dahinter ist eine Treppe, die nach oben führt.«

»In den Uhrenturm!« Justus räumte an der Stelle, auf die Julia gezeigt hatte, die letzten Bücher aus dem Regal. Er klopfte die Rückwand ab, doch das führte zu nichts. Es klang überall hohl, was aber wohl daran lag, dass zwischen der Rückwand und der Zimmerwand ein wenig Platz geblieben war. Es gab keine Möglichkeit, auf die Schnelle die Regalbretter oder die Rückwand zu entfernen, alles war fest verschraubt. »Wenn da wirklich eine Geheimtür ist, dann muss es möglich sein, sie zu öffnen, ohne das ganze Regal auseinanderzunehmen.«

Auf dem Handy des Ersten Detektivs ging eine Nachricht ein. »Na, endlich«, murmelte er und schaute nach. Die Nachricht kam von Bob.

Können gerade nicht reden. Kommen bald zurück. Wir haben

den Brief an Julia gefunden! Angefügt war das Foto eines getippten Briefs.

»Julia! Bob und Peter waren erfolgreich!« Justus vergrößerte das Foto. Gemeinsam beugten sie sich über das Display und lasen.

```
Meine liebe Julia,
du willst bestimmt wissen, wie ich es wagen
konnte, dir diese Bruchbude zu vermachen. Ich
möchte dir sagen: Nicht alles in diesem Haus
ist wertlos. Es gibt einen versteckten Schatz.
Du hast ihn schon einmal gesehen, aber das ist
viele Jahre her. Damals hattest du Angst davor.
Danach hast du ihn wieder vergessen.
Wenn du ihn finden willst, dann nimm den Weg,
den auch die Helden deines Lieblingsbuchs ge-
gangen sind. Die Tür befindet sich genau dort,
wo es im Regal steht. Den Schlüssel dazu findest
du in der Standuhr. Und wenn du dich fragst,
wie der aussehen soll, wirf einen Blick in die
Vitrine.
```

»Das ist alles?«, fragte Julia irritiert. »Das ist der gestohlene Brief? Mehr hatte mein Großvater mir nicht zu sagen?«

»Ich bin sicher, das hatte er. Wir müssen nur zuerst sein Rätsel lösen. Die simple Variante hat bereits der Einbrecher ausprobiert und sowohl die Uhr zerlegt als auch die Vitrine ausgeräumt. Aber dabei wurde er nicht fündig. Ich vermute, wir müssen mehr um die Ecke denken. Sonst wäre es ja kein Rätsel.« Justus schaute sich noch einmal das Magnetspielzeug in der Vitrine an. Nachdenklich knetete der Erste Detektiv seine Unterlippe. »Den Schlüssel findest du in der Standuhr«, zitierte er aus Hunters Nachricht. »Aber da gibt es keinen Schlüssel. Weshalb Ihr Großvater noch dazu schrieb: Wenn du dich fragst, wie der aussehen soll, wirf einen Blick in die Vitrine. Dort sehe ich Magnetspielzeug. Heißt das, dass der Schlüssel in der Standuhr ein Magnet ist?«

Julia ging bei den Überresten der Uhr in die Hocke und strich nachdenklich über das zersplitterte Holz, das Messingpendel und die an Ketten befestigten Gewichte. Plötzlich wurde ihr Schlüssel, der immer noch an ihrem Zeigefinger baumelte, magnetisch angezogen. Ehe sie sich versah, haftete er an einem der beiden Gewichte. »Es ist magnetisch!«, stellte sie überrascht fest. »Das andere nicht.« Das Gewicht war nur lose mit einem Haken in das letzte Kettenglied eingehängt. Man konnte es problemlos abnehmen. »Was bedeutet das?«

»Das bedeutet, dass Sie unseren Schlüssel gefunden haben«, sagte Justus. »Bravo!« Er ging mit dem magnetischen Gewicht zur Bücherwand. »Wo hat *Der König von Narnia* gestanden?«

Julia schüttelte den Kopf. »Das weiß ich nicht mehr. Ich war in den letzten Jahren kaum hier drinnen. Dieses Buch habe ich das letzte Mal vor Jahrzehnten gesehen. Wenn ich nur Bob und Peter nicht gebeten hätte, alle Bücher zu sichten, dann wüssten wir jetzt, wo es gestanden hat.«

»Dann frage ich anders: Wo ist diese Tür, von der Sie gesprochen haben?«

»Ich weiß nicht, ob da wirklich eine Tür ist. Es … fühlt sich nur so an.«

»Wo, denken Sie, könnte sie sein?«

»Da«, sagte Julia zögernd und zeigte auf die linke Seite des Regals. Justus ging darauf zu, hielt das zylinderförmige Gewicht aus der Standuhr mit der flachen Seite an die Rückwand und fuhr wie ein Arzt mit einem Stethoskop langsam zwischen den Brettern hin und her. Er war etwa auf Hüfthöhe angekommen, als der Zylinder in seiner Hand von etwas Metallischem, das sich hinter dem Holz befand, angezogen wurde. Justus bewegte ihn vorsichtig hin und her, plötzlich machte es klick – und ein Stück des Regals schwang wie eine Tür nach hinten auf.

Im Uhrenturm

Julia keuchte erschrocken.

»Wie ich es mir gedacht habe«, sagte Justus. »Ein geheimer Schließmechanismus, den man mit dem Magneten betätigen kann. Auf diese Weise gibt es kein verräterisches Schlüsselloch, das die Existenz einer Geheimtür preisgibt.«

Hinter der Tür führte eine steile und enge Treppe aus rohem Bauholz parallel zur Wand nach oben. Die Luft in diesem schmalen Treppenaufgang war abgestanden und warm.

Julia schaute hinauf in die Dunkelheit, sog die Luft ein und erschauderte. »Ich kenne diese Treppe! Ich war als Kind da oben. Ein einziges Mal. Jetzt erinnere ich mich.«

»Erzählen Sie«, bat Justus.

»Mein Großvater hatte mir aus *Narnia* vorgelesen. Mal wieder meine Lieblingsstelle. Die, wo die Kinder durch den Schrank gehen. Da erzählte er mir ganz geheimnisvoll, dass es in seinem Haus auch so eine magische Tür gäbe. Er ging zum Regal und zeigte sie mir. Ich war begeistert von der Geheimtür. Auch von der engen Treppe. Aber nachdem wir gemeinsam hinaufgestiegen waren …« Sie verstummte.

»Da oben lag der Kristallschädel«, sagte Justus. »Und vor dem hatten Sie Angst.«

Julia nickte.

»Verständlich. Sie waren ein kleines Mädchen. Aber jetzt wissen Sie ja, dass der Schädel höchstens ein bisschen unheimlich aussieht. Er ist nicht gefährlich.«

»Richtig.« Julia Scott trat durch die Geheimtür und stieg die steilen Stufen nach oben. Justus wollte ihr folgen, aber die Treppe begann leicht zu schwanken. Es knarrte und knackte in dem engen Turm.

»Die Treppe sieht sehr selbstgebaut aus«, stellte Justus fest. »Und das Holz ist ganz schön morsch. Ich warte lieber erst, bis Sie oben sind. Brauchen Sie Licht?«

»Nicht nötig«, kam es dumpf zurück. »Hier oben ist es hell!«

Nun wagte Justus den Aufstieg. Es waren nur zwölf Stufen und sie endeten auf einer winzigen Plattform im Inneren des Uhrenturms, auf der Julia und Justus knapp nebeneinander Platz fanden. Der Vollmond schien hell durch das gläserne Ziffernblatt. An den Zeigern und den dunkel gravierten Stundenmarkierungen vorbei konnte man nach draußen sehen.

Die Aussicht war fantastisch. In dieser Höhe hatte man einen Blick über den Wald hinweg, den ganzen Lone Oak Hill hinunter bis nach Rocky Beach. Justus war so beeindruckt, dass er erst nach ein paar Augenblicken das kleine selbst gezimmerte Podest bemerkte, auf dem eine hölzerne alte Frachtkiste stand. Die Nagelköpfe waren verrostet, das Holz rissig. Auf der Seite hatte einmal ein Stück Papier geklebt, doch es war zerschlissen und die Schrift darauf kaum noch zu erkennen. Als Justus versuchte, sie zu entziffern, stellte er fest, dass es eine alte Handschrift war, von der er kein Wort lesen konnte. Die Buchstaben sahen fremdländisch aus.

Auf der Kiste selbst lag ein Briefumschlag, auf dem in Schreibmaschinenlettern `Julia` stand.

Sie öffnete ihn, entfaltete den Brief und las.

`Lone Oak Hill, den 3. März`

`Meine liebe Julia,`

`herzlichen Glückwunsch, du hast das kleine Rätsel gelöst! Ich hoffe, es war nicht zu schwierig. Und nun sieh dir den Schatz an, den ich so lange Zeit vor dir und allen anderen Menschen verborgen habe.`

Julia legte den Brief beiseite und klappte den Deckel hoch. Die Kiste war mit dunkelblauem, dick gepolstertem Stoff ausgekleidet. Darin eingebettet schimmerte eine gewölbte Kristalloberfläche. Julia griff in die Kiste.

Der Kristallschädel war lebensgroß, allerdings nicht sehr detailliert ausgearbeitet. Die Nasenöffnung war nur eine Einbuchtung. Die Zähne bestanden aus Linien, die den Kristall wie ein Gitter durchschnitten. Der Kiefer ließ sich nicht bewegen. Am auffälligsten waren die kreisrunden Augenhöhlen, die wie mit einem spitzen Kegel in den Kopf hineingefräst worden waren und im Innern des Kristalls konisch zusammenliefen. Der Schädel war keine naturalistische Darstellung eines echten Totenkopfs, sondern erinnerte eher an die Schädel aus der mexikanischen Tag-der-Toten-Tradition.

Julia stellte den Schädel auf den Deckel der Frachtkiste. Das Mondlicht fiel darauf und ließ die Augen leuchten, ähnlich wie Justus es bei der Zeremonie in Lucas Garten gesehen hatte. Das silbrige Schimmern in den blicklosen Höhlen war ein unheimlicher Anblick. Kein Wunder, dass er ein kleines Mädchen in Angst versetzt hatte. Jetzt aber war Julia eher fasziniert als panisch. Sanft strich sie über die glatte Kristalloberfläche, bevor sie sich wieder dem Brief zuwandte.

In jungen Jahren gelangte dieser Totenschädel aus Kristall in meinen Besitz. Als du sechs Jahre alt warst, beschloss ich, dich in seine Geheimnisse einzuweihen. Aber ich hatte die Rechnung ohne die blühende Fantasie eines kleinen Mädchens gemacht. Du sahst den Schädel und hast geschrien vor Angst. Du bist aus der Kammer geflohen und wolltest nie wieder in den Uhrenturm zurück. Nicht einmal die Bibliothek mochtest du mehr betreten. Das alles tat mir so leid, dass ich den Schädel nie wieder erwähnte. Irgendwann hattest du das Erlebnis vergessen. Nur die Angst vor der Bibliothek blieb.

Ich hätte dir die Geschichte erzählen sollen, als du erwachsen warst. Aber es war mir ganz recht, dass niemand mehr von meinem Geheimversteck und dem Schädel wusste.
Es handelt sich um einen der berühmten Yukatan-Schädel. Insgesamt gibt es sieben Stück. Ich habe ihn bei einer Auktion erworben. Es wurden Postpakete versteigert, die nicht zugestellt werden konnten. Für dreißig Dollar bekam ich den Zuschlag für diese Frachtkiste, deren Inhalt ich nicht kannte.
Ich maß dem Schädel keine große Bedeutung bei, bis ich eines Tages über ein Buch stolperte, in dem es auch um die sieben sagenhaften Yukatan-Schädel ging (du wirst es in der Bibliothek finden). Sie haben angeblich magische Kräfte. Sie können kosmische Energie bündeln und das Leben verlängern.
Ich weiß, dass du nicht an solche Dinge glaubst und eigentlich tue ich es auch nicht. Aber nach dem Artikel war mein Interesse geweckt und ich beschäftigte mich mehr mit dem Thema. Dabei lernte ich einen Mann namens Raphael Luca kennen, der eine Menge über die Schädel weiß und wie man sich ihre Kräfte zunutze macht. Ich probierte aus, was er mir erzählte. Einmal im Monat setzte ich mich bei Vollmond den heilenden

Kräften des Kristallschädels aus. Ich blieb jahrzehntelang bei bester Gesundheit.
Was du wissen solltest, liebe Julia: Raphael Luca möchte den Schädel unbedingt haben. Er besitzt die anderen sechs und will seine Sammlung vervollständigen. Er kam in den letzten Jahren regelmäßig vorbei und bot mir hohe Summen für den Schädel. Ich lehnte jedes Mal ab. Mir waren meine Schätze immer wichtiger als das Geld, das ich mit ihnen erzielen könnte. Vor einiger Zeit besuchte mich ein weiterer Interessent. Der junge Mann namens Nicholas Unterthal behauptet, ein Nachfahre des Mannes zu sein, an den das Paket damals adressiert war. Der Name Unterthal findet sich tatsächlich auf einem Schreiben wieder, das der Frachtkiste beilag. Der Rest des Schreibens ist jedoch unleserlich und ich habe mir nie die Mühe gemacht, Nicholas Unterthals Geschichte nachzuprüfen. Ich habe die Kiste rechtmäßig erworben. Der Schädel gehört mir.
Was du nun mit ihm tust, überlasse ich dir. Verkauf ihn an Raphael Luca, verkauf ihn an Mr Unterthal oder behalte ihn für dich. Auch mit dem Haus kannst du tun und lassen, was du willst. Ich hatte neunundneunzig erfüllte und gesunde Jahre. Ich bin wunschlos glücklich.

Einer der Gründe dafür bist du. Nicht jeder alte Greis hat das Glück, eine so fürsorgliche und liebende Enkelin zu haben. Ich danke dir von ganzem Herzen, meine liebe Julia! Bleib so, wie du bist!

Dein dich liebender Großvater
Hunter

Julia schniefte und wischte sich über die Augen. Dann seufzte sie. »Es hat mir gefehlt, ein letztes Mal mit meinem Großvater zu sprechen, weißt du. Ich war verzweifelt, dass ich in seinen letzten Tagen nicht bei ihm sein konnte wegen des dummen Hurrikans. Dieser Brief ist ein kleiner Trost.« Sie legte das Schreiben beiseite.

Ein Lichtschein tastete durch den Wald und erregte Justus' Aufmerksamkeit. Ein Auto näherte sich. Doch dann verschwand das Licht plötzlich. Kurz darauf vibrierte Justus' Handy. »Eine Nachricht von Bob.«

Sind zurück. Mit Überraschung. Komm zur Straße. Allein.

Der Erste Detektiv runzelte die Stirn.

»Was ist los?«, fragte Julia.

»Es gibt Ärger.«

Begegnung im Wald

Als Justus kurze Zeit später das Haus verließ, hatte sich die Luft merklich abgekühlt. Ein kalter Schauer durchfuhr ihn. Er überquerte die Lichtung und folgte der Auffahrt durch den stockdunklen Wald. Doch er kam nicht mal bis zur Straße.

»Pst!«, machte es aus einem Gebüsch neben ihm.

Justus drehte sich um.

Plötzlich wurde er von hinten gepackt. Jemand drehte schmerzhaft seinen Arm auf den Rücken. Ehe er reagieren konnte, spürte er klebriges Gewebeband an den Handgelenken. Innerhalb von Sekunden war er gefesselt.

»Wenn du schreist, gibt's Ärger«, sagte eine raue Stimme in der Dunkelheit hinter ihm. Es raschelte und drei Schatten lösten sich aus dem Wald: Bob und Peter, beide mit auf den Rücken gefesselten Händen, und ein großer, bulliger Mann. Er hinkte stark. In der rechten Hand hielt er eine Pistole.

»Tut mir leid, Just«, sagte Bob leise. »Ich habe die Nachricht nicht geschrieben. Der Kerl hat mein Handy benutzt.«

»Das wird mir jetzt auch klar.«

Die Person, die den Ersten Detektiv von hinten überwältigt hatte, trat nun nach vorne. Es war eine drahtige blonde Frau in einer Lederjacke.

»Lasst mich raten, Kollegen. Mrs Unterthal?«

»Und ihr Bruder«, sagte Peter. »Gwendolyn und Nic. Sie haben uns leider erwischt.«

»Deine beiden Freunde haben uns alles verraten, was wir wissen wollten«, erhob Gwendolyn das Wort. »Detektive seid ihr also.«

»Das ist korrekt«, sagte Justus. »Und Sie sind die Nachkommen eines gewissen Alois Unterthal, der vor langer Zeit ein Juweliergeschäft in Florida eröffnete. Heute sind Sie die Geschäftsführerin.« Gwendolyn hob überrascht eine Augenbraue. »Vor etwa siebzig bis achtzig Jahren sollte Alois Unterthal ein Päckchen zugestellt werden«, fuhr Justus ungerührt fort. »Doch aufgrund der unleserlichen Adresse landete es erst in einer Versteigerung und schließlich bei Hunter Scott.«

»Kluges Kerlchen«, gab Gwendolyn zu.

»Eine Zeit lang dachte ich, Sie würden mit Raphael Luca unter einer Decke stecken. Aber das ist nicht der Fall. Sie wollen den Schädel für sich selbst – um ihn dann an Mr Luca zu verkaufen. Der ist nämlich bereit, sehr viel Geld dafür zu bezahlen.«

»Wir wollten die Sache eigentlich ganz friedlich regeln«, sagte Nic Unterthal. »Aber da ihr euch nicht raushalten konntet und in unserem Motelzimmer herumgeschnüffelt habt, müssen wir die Sache leider beschleunigen. Ist Julia Scott noch im Haus?«

Justus antwortete nicht.

»Ist sie«, beantwortete Gwendolyn die Frage. »Da drüben steht ihr Wagen.«

»Habt ihr den Kristallschädel gefunden, nachdem wir dir mit dem Handy deines Freundes den Brief geschickt haben?«

Wieder schwieg Justus.

Nic Unterthal seufzte. »Dann werde ich wohl nachsehen müssen. Gwen, pass auf die Burschen auf! Ich gehe ins Haus.« Er drückte seiner Schwester die Waffe in die Hand und humpelte los.

»Sie ist der Dieb, Justus«, klärte Peter den Ersten Detektiv auf, nachdem Nic verschwunden war. »Sie trug eine Perücke und einen Schnurrbart.«

»Aufschlussreich«, fand Justus. »Wozu die Maskerade?«

»Das geht dich gar nichts an«, zischte Gwendolyn Unterthal.

Vom Haus drang lautes Gebell zu ihnen. Growler flippte völlig aus. Nic Unterthal brüllte und fluchte in der Ferne.

»Hunter Scotts Hund scheint Ihren Bruder nicht zu mögen«, sagte Peter lächelnd.

Doch da begann Growler wie unter Schmerzen zu winseln.

»Mein Bruder mag auch keine Hunde«, sagte Gwendolyn und lächelte kalt zurück.

Growler winselte weiter und Peter zerrte wütend an seinen Fesseln. »Er tut dem Hund weh! Dieser gemeine Kerl!«

»Immer schön ruhig bleiben«, ermahnte Gwendolyn ihn.

Das Winseln hörte nicht auf. Peter kam gegen das Gewebeband nicht an. Alle Versuche, sich mit purer Gewalt loszureißen, ließen es nur noch tiefer in seine Haut schneiden. Also tat er etwas anderes. »Growler!«, rief er, so laut er konnte. »Hierher, Growler, komm her! Growler!«

Das Winseln verstummte. Ein paar Sekunden lang war es ruhig. Dann galoppierten siebzig Kilo Muskeln und Fell über die Veranda und einen Augenblick später preschte ein flauschiger Schatten auf sie zu.

»Was jetzt?«, fragte Peter und zerrte hilflos an seinen Fesseln, bevor Growler zum Sprung ansetzte – und Gwendolyn Unterthal zu Boden warf.

Die Pistole flog in hohem Bogen in den Wald, Gwendolyn schrie und Growler schleckte ihr begeistert das Gesicht ab.

»Los, Kollegen!«, rief Justus.

Sie kehrten einander den Rücken zu und jeder begann, fiebrig die Fesseln der anderen zu lösen. Als Erster schaffte Bob es, Peter das Klebeband von den Handgelenken zu reißen. Danach ging alles ganz schnell und binnen weniger Sekunden waren die drei ??? befreit.

»Komm zu mir, Growler!«, rief Peter begeistert und der Neufundländer ließ endlich von Gwendolyn ab, um an Peter hochzuspringen. Doch der hob mahnend den Zeigefinger, wie er es bei Marcie Bronkowitz gesehen hatte, und Growler blieb brav auf allen vieren stehen.

Bob und Justus waren sofort bei Gwendolyn. Die abgerissenen Klebestreifen reichten aus, um damit wiederum die

Hände der Frau auf ihrem Rücken zu fixieren und sie davon abzuhalten, Dummheiten zu machen. Sie wehrte sich zunächst, hatte aber keine Chance gegen die beiden. Schließlich gab sie ihren Widerstand auf.

»Und nun sollten wir Julia helfen«, sagte Justus. »Bob, du bleibst hier bei Mrs Unterthal, sonst warnt sie womöglich noch ihren Bruder.« Gemeinsam mit Peter rannte er zum Haus zurück. »Leise«, mahnte Justus, als sie durch die Tür traten. »Nic braucht nicht zu wissen, dass wir uns befreien konnten.«

Sie schlichen über den dicken Teppich durch die Eingangshalle und die Treppe hinauf zur Bibliothek. Peter warf einen Blick hinein. »Hier sind sie nicht.«

»Doch«, widersprach Justus und wies auf die angelehnte Geheimtür, die Peter nicht bemerkt hatte. Von dort hörten sie Stimmen. Justus schlich näher.

Peter staunte nicht schlecht. »Was hast du vor, Erster?«, wisperte er.

»Wart's ab!« Justus spähte durch den Türspalt in die Geheimkammer. Peter machte es ihm nach.

Am Fuß der Treppe stand Nic Unterthal und schaute hinauf zum Podest, auf dem Julia zusammengekauert hockte.

»Geben Sie mir die Kiste!«

»Vergessen Sie es!« Julia hob den Schädel heraus und wog ihn in der Hand wie eine Kugelstoßerin. »Eher schmeiß ich das Ding aus dem Fenster!«

Nic lachte. »Da oben gibt es kein Fenster, Mrs Scott. Ich komme jetzt zu Ihnen rauf. Und dann händigen Sie mir den

Kristallschädel aus. Andernfalls kann ich nicht für Ihre Sicherheit garantieren. Die Treppe sieht gefährlich aus. Womöglich stürzen Sie noch unglücklich hinunter.« Unterthal betrat die erste Stufe. Mit jedem Schritt hinauf knarrte und ächzte die Konstruktion.

»Just!«, zischte Peter. »Sollten wir nicht etwas unternehmen?«

»Julia hat die Situation im Griff«, war der Erste Detektiv überzeugt.

»Ach ja? Das sieht mir aber nicht so aus.«

»Wir haben uns abgesprochen«, erklärte Justus.

»Sie haben recht, Mr Unterthal«, sagte Julia. »Die Treppe sieht gefährlich aus. Und wissen Sie warum? Weil sie gefährlich ist.« Sie trat mit voller Wucht gegen die Befestigung, die die Treppe mit der Wand verband. Die Verankerung riss aus dem morschen Holz der Wand und die gesamte Treppe kippte zur Seite. Nic Unterthal fluchte und krallte sich an das Geländer. Doch die Treppe stürzte nicht in sich zusammen, wie Julia und Justus es zuvor geplant hatten. Die Enge der Geheimkammer verhinderte das Umkippen des Gestells. Die Treppe stand nun schief – aber sie hielt.

»Verflixt!«, zischte Justus.

»Das haben Sie sich ja schön ausgedacht«, knurrte Unterthal wütend, machte einen letzten großen Schritt und stand oben auf dem Podest. »Und jetzt her mit dem Schädel!«

Julia nahm den Totenkopf fest in beide Hände und hämmerte damit von innen gegen das gläserne Ziffernblatt der Turmuhr. Es zersprang und die Scherben regneten nach draußen.

»Was machen Sie denn da!«, rief Unterthal erschrocken.

»Was ich gesagt habe. Ich werfe das Ding aus dem Fenster.« Und das tat sie. Der Schädel polterte über die morschen Holzschindeln und fiel über die Dachkante in die Tiefe. Eine Sekunde später zersprang er mit einem kristallklaren Klirren.

Das Geheimnis in der Kiste

Unterthal riss die Augen auf. »Sind Sie wahnsinnig geworden?«

»Ich hatte Sie gewarnt.«

Er stürzte in ihre Richtung. Für einen Augenblick sah es so aus, als wollte er Julia angreifen. Doch stattdessen schnappte er sich die Frachtkiste und begann, die schiefe Treppe hinabzustolpern.

»Plan B!«, rief Justus, riss die Tür auf und stürmte zusammen mit Peter in die Geheimkammer. Mit aller Kraft trat Justus gegen das Treppengestell. Peter folgte seinem Beispiel.

»Ihr verdammten Bengel!«, brüllte Nic Unterthal wütend. »Woher –«

Weiter kam er nicht. Die Struktur des Gestells gab endlich nach und die Treppe stürzte mit lautem Getöse in sich zusammen. Unterthal fiel schreiend in die Tiefe. Eine Staubwolke stob auf.

»Rühren Sie sich nicht vom Fleck, Julia, sonst stürzen Sie auch noch ab!«, rief Justus.

»Keine Sorge, das hatte ich nicht vor. In der Besenkammer steht eine Leiter.«

»Ich hole sie gleich.«

Doch vorher mussten sie nach Unterthal sehen. Justus und Peter bahnten sich einen Weg durch die Trümmer. Es war so eng, dass sie nur hintereinander gehen konnten. Peter kam als Erster bei ihm an. Er hatte sich bereits unter dem Bauholz hervorgekämpft und von den Holzbalken befreit, hielt sich jedoch mit schmerzverzerrtem Gesicht das Bein.

»Sie leben also noch. Können Sie aufstehen?«

»Verschwinde, du Bengel!«, zischte Unterthal. Er versuchte, sich aufzurappeln, sank aber stöhnend wieder zurück.

»Sollen wir einen Krankenwagen rufen?«

»Ihr sollt verschwinden!«

»Also nicht. Dann bleiben Sie eben hier liegen, bis die Polizei kommt.«

»Die ist schon da!«, rief Julia von oben. »Da fährt gerade ein Einsatzwagen vor.«

Peter sah den Ersten Detektiv fragend an.

»Ich war so frei, nach eurer letzten Nachricht ein paar kleine Vorsichtsmaßnahmen zu treffen«, erklärte Justus. »›*Komm zur Straße. Allein*‹, erschien mir sehr verdächtig. Julia und ich haben die Treppenbefestigungen gelöst und ich rief Inspektor Cotta an. Teil eins des Plans war zu meinem Leidwesen nicht gut genug durchdacht. Aber immerhin ist auf Cotta Verlass.«

Inspektor Cotta arbeitete bei der Polizei von Rocky Beach und kannte die drei Detektive gut. Schon oft hatte er ihnen geholfen, wenn eine Situation brenzlig wurde oder wenn es am Ende darum ging, einen Verbrecher seiner gerechten Strafe zuzuführen.

»Clever«, sagte Peter. »Gehen wir ihm entgegen. Der Kerl kann hier ja nicht weg mit seinem Bein.«

Sie waren schon in der Bibliothek, da warf Peter noch einmal einen Blick durch die Geheimtür, um sicherzugehen, dass Unterthal ihnen nicht einfach nur etwas vorspielte. Dieser war zu der Frachtkiste gerobbt und hatte sie geöffnet.

»He, was machen Sie denn da?«

»Was ist los?«, fragte Justus.

»Der Kerl hat sich gerade an der Kiste zu schaffen gemacht«, sagte Peter. »Er hat etwas rausgenommen und in die Tasche gesteckt, ich hab's genau gesehen! Einen Zettel oder so.« Sie bahnten sich ihren Weg zurück.

»Haut endlich ab!«, brüllte Unterthal wütend.

Die Stimme von Inspektor Cotta drang zu ihnen. »Justus? Peter? Wo seid ihr?«

»Hier drinnen!«, rief der Erste Detektiv.

Kurz darauf leuchtete der Inspektor mit einer Taschenlampe in die Kammer. In der anderen Hand hielt er eine Pistole.

»Danke, dass Sie so schnell gekommen sind, Inspektor Cotta«, sagte Justus. »Die Pistole können Sie runternehmen, die unmittelbare Gefahr ist bereits gebannt. Das heißt, sobald Sie Mr Unterthal dort drüben in Gewahrsam genommen und ihn dazu bewegt haben, das Schriftstück, das er gerade eingesteckt hat, wieder herauszurücken.«

Cotta seufzte und senkte die Waffe. »Was ist denn hier schon wieder los? Wer ist dieser Mann? Es wäre nett, wenn mich jemand aufklären würde.«

Das übernahm Justus. Er berichtete dem Inspektor grob, was geschehen war. Dass die Geschwister Unterthal sie mit einer Waffe bedroht hatten und auch mutmaßlich für einen Einbruch und die Sachbeschädigung in der Bibliothek verantwortlich waren, reichte für eine vorläufige Festnahme. Gwendolyn war unten bereits von einem Polizisten festgenommen worden. Cotta und ein weiterer Kollege kümmerten sich nun um Nicholas. Der hatte erkannt, dass er keine Chance hatte zu fliehen, und leistete keine Gegenwehr. Zumindest bis Justus ihm das Stück Papier aus der Tasche zog, von dem Peter gesprochen hatte.

»Finger weg, das ist meins!«

»Ist es nicht«, widersprach Peter. »Sie haben es aus der Kiste gestohlen.«

»Was ist denn das?«, fragte Inspektor Cotta.

»Das wissen wir selbst noch nicht«, sagte Justus. »Aber es gehört Mrs Scott.«

»Und Mrs Scott wäre begeistert, wenn ihr jemand hier herunterhelfen würde!«, rief Julia von oben.

Justus steckte das Papier ein und machte sich mit Peter auf den Weg, die Leiter zu holen.

In der Tür zur Bibliothek stießen sie beinahe mit Bob zusammen. »Was ist passiert? Ich habe ein schreckliches Klirren gehört. Das war doch nicht etwa –«

»Der Schädel«, sagte Peter. »Doch. Das war er.« Schnell klärten sie den dritten Detektiv auf. »Hast du ihn gesehen? Wie schlimm ist es? Vielleicht kann man ihn kleben.«

Bob lachte bitter. »Vergiss es. Das Ding ist in tausend Scherben zersprungen.«

Niedergeschlagen holten sie die Leiter aus der Besenkammer. Kurz darauf war Julia aus ihrer misslichen Lage befreit. Gemeinsam gingen sie nach draußen, wo sie und die drei ??? noch ein paar Einzelheiten zu Protokoll gaben. Nicholas Unterthal saß bereits in Handschellen auf der Rückbank des Polizeiwagens. Cottas Kollege wollte gerade Gwendolyn daneben platzieren.

»Mrs Unterthal war übrigens unser Dieb in der Lederjacke«, klärte Justus Julia auf.

»Warten Sie«, bat Julia den Polizisten und sah Gwendolyn in die Augen. »Aber natürlich! Jetzt weiß ich auch endlich, warum der Kerl mir so bekannt vorkam. Ich kenne Sie! Ich saß mit Ihnen zusammen im Flugzeug.«

»Ein unglücklicher Zufall«, murmelte Gwendolyn.

»Sie haben sich mit mir unterhalten«, fuhr Julia fort. »Ich erzählte Ihnen vom Tod meines Großvaters.«

»Sie saßen im gleichen Flieger, weil auch Mrs Unterthal wegen des Hurrikans in Florida festhing«, überlegte Justus laut. »Genau wie Sie.«

Julia schnaubte. »Die nette Sitznachbarin riet mir, nicht den direkten Weg vom Flughafen nach Rocky Beach zu nehmen, da angeblich eine Straße gesperrt sei.«

»Und Sie sind ihrem Rat gefolgt«, vermutete Justus.

»Ja, natürlich. Warum auch nicht.«

»Mrs Unterthal hingegen nahm den direkten Weg und war dadurch schneller hier. Es war eine Art Wettrennen, von dem Sie nichts wussten«, spann Justus den Gedanken fort. »Sie brach die Haustür auf, suchte in der Villa nach dem Kristallschädel, fand den Brief – aber ihr blieb keine Zeit mehr, das Geheimversteck zu suchen, da Sie auftauchten. Vermutlich gelang es Mrs Unterthal in letzter Sekunde, zu fliehen, ohne bemerkt zu werden. Und damit sie von Ihnen nicht wiedererkannt wird, musste sie bei der Haushaltsauflösung verkleidet erscheinen. War es so?«

Gwendolyn Unterthals Schweigen war so gut wie eine Zustimmung.

»Und den Rest der Geschichte klären wir morgen auf dem Revier«, sagte Cotta entschieden. Gwendolyn wurde in den Wagen bugsiert. Der Inspektor und seine Kollegen verabschiedeten sich und fuhren davon.

Die drei ??? und Julia gingen zurück in die Bibliothek. »Ich danke euch, Jungs. Ohne eure Hilfe hätte ich das Geheimversteck meines Großvaters wahrscheinlich nie gefunden.«

Peter ließ den Kopf hängen. »Aber der Schädel ist verloren. Hätten Justus und ich doch nur früher eingegriffen! Wenn wir die Treppe gleich zum Einsturz gebracht hätte, hätten Sie ihn nicht hinauswerfen müssen.«

»Es war besser so, Peter«, sagte Julia. »Nicholas Unterthal hat gesehen, dass der Schädel zerstört wurde, und wird mich deswegen nie wieder belästigen. Im Moment wissen nur wir, dass es nicht der echte Schädel war.«

Die drei ??? sahen Julia mit großen Augen an, während diese zu den Trümmern der Standuhr ging, in das Loch im Holzsockel griff und grinsend den Yukatan-Schädel herausholte.

»Sie haben ihn ausgetauscht?«, rief Justus überrascht. »Gegen den Glasschädel aus dem Grusel-Shop?«

»Während du draußen mit den Unterthals beschäftigt warst«, bestätigte Julia nickend. »Ich war so frei.«

»Darauf hätte ich auch selbst kommen können«, murmelte der Erste Detektiv.

»Großartig, Julia!«, rief Bob und Peter klatschte begeistert.

»Ich wollte doch nicht, dass dem einzig wirklich wertvollen Erbstück, das mein Großvater mir hinterlassen hat, Schaden zugefügt wird.«

Justus räusperte sich vernehmlich. »Das war ein cleverer Schachzug, Julia, aber ich möchte die Annahme, der Schädel sei wertvoll, erstmals mit einem Fragezeichen versehen.«

Alle sahen ihn überrascht an.

»Was meinst du damit?«, fragte Julia. »Warum sollte er nicht wertvoll sein? Die Unterthals waren immerhin bereit, große Risiken einzugehen, um ihn zu bekommen.«

»Tatsächlich? Große Risiken ja, aber wollten sie wirklich den Schädel? Nicholas Unterthal schien es vorhin vornehmlich um die Frachtkiste zu gehen.«

»Er hat einen Zettel aus der Kiste genommen«, sagte Peter. »Hast du schon draufgesehen, Just?«

»Noch nicht.«

»Dann wird es höchste Zeit!«

Der Erste Detektiv zog den Zettel aus der Tasche. Das Papier war stark vergilbt und knackte trocken, als Justus es auseinanderfaltete.

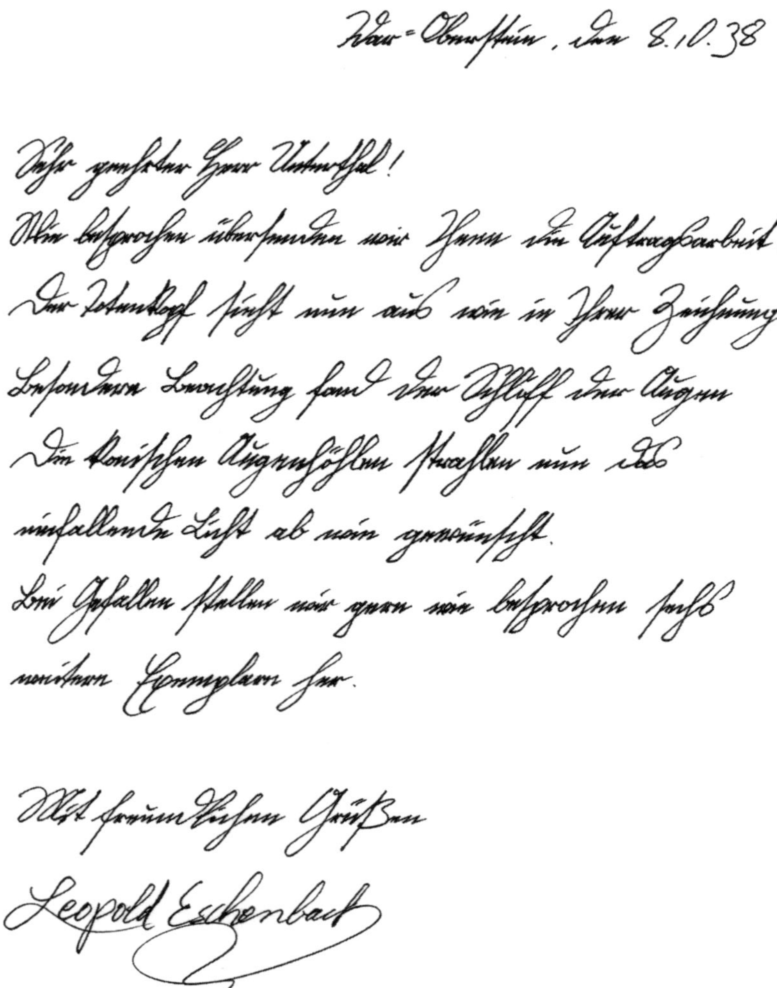

Idar-Oberstein, den 8.10.38

Sehr geehrter Herr Unterschel!

Wie besprochen übersenden wir Ihnen die Auftragsarbeit.

Der Totenkopf sieht nun aus wie in Ihrer Zeichnung.

Besondere Beachtung fand der Schliff der Augen.

Die konischen Augenhöhlen strahlen nun das einfallende Licht ab wie gewünscht.

Bei Gefallen stellen wir gern wie besprochen sechs weitere Exemplare her.

Mit freundlichen Grüßen

Leopold Eschenbach

»Was ist das denn für ein Gekrakel?« Peter runzelte die Stirn.

»Sütterlinschrift«, sagte Bob.

»Genau genommen Kurrentschrift, Bob«, korrigierte Justus. »Sütterlin ist lediglich die Bezeichnung für die vereinfachte Form der –«

»Augenblick mal«, unterbrach Peter die beiden. »Ihr könnt das lesen? Ich kann nur die Unterschrift entziffern.«

»Ich auch«, bekannte Bob. »Aber ich erkenne die Schrift. Sie wurde vor hundert Jahren oder so irgendwo in Europa benutzt. Sieht man manchmal in Filmen.«

»Sie wurde im deutschsprachigen Raum verwendet«, klärte der Erste Detektiv auf.

»Also ist das Deutsch?«, vermutete Peter.

»Vermutlich«, sagte Justus. »Lesen kann ich nämlich auch nur die Unterschrift. Für die waren damals lateinische Buchstaben gebräuchlich, weil –«

»So genau wollte ich es gar nicht wissen, Just.«

»Auch mein Großvater konnte diesen Brief nie entziffern. Augenblick.« Julia las die Stelle im Brief von Hunter Scott noch einmal nach: »*Vor einiger Zeit besuchte mich ein weiterer Interessent. Der junge Mann namens Nicholas Unterthal behauptet, ein Nachfahre des Mannes zu sein, an den das Paket damals adressiert war. Der Name Unterthal findet sich tatsächlich auf einem Schreiben wieder, das der Frachtkiste beilag. Der Rest des Schreibens ist jedoch unleserlich und ich habe mir nie die Mühe gemacht, Nicholas Unterthals Geschichte nachzuprüfen.*«

»Ja, mit etwas Fantasie könnte das letzte Wort in der Anrede *Unterthal* heißen«, sagte Bob.

»Moment.« Justus ging in die Geheimkammer und kehrte kurz darauf mit der Frachtkiste zurück. Er zeigte ihnen das zerschlissene Stück Papier, das darauf klebte. Die Buchstaben waren kaum noch lesbar.

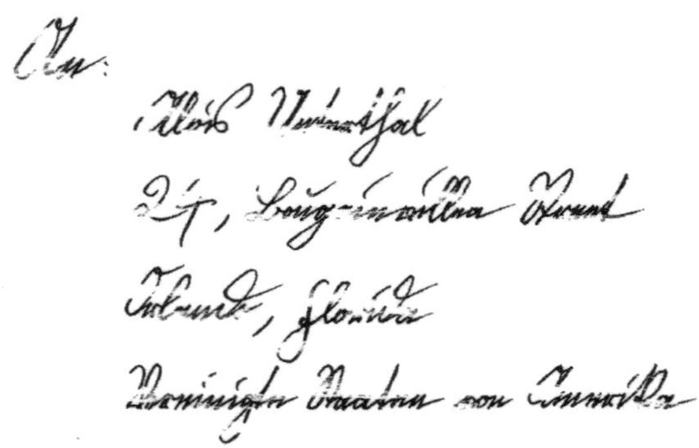

»Unterthal«, stellte Bob fest. »Der Rest … keine Ahnung.«

»Der Absender des Pakets kam aus dem deutschsprachigen Raum. Er verfasste das Begleitschreiben und die Adresse in deutscher Kurrentschrift. Als das Paket in den Vereinigten Staaten ankam, konnte niemand die Adresse lesen. Das Paket galt als unzustellbar und landete in der Auktion, bei der Hunter Scott es schließlich erwarb.«

»Moment mal«, sagte Bob. »Bevor die Unterthals uns im Motel erwischten, konnten Peter und ich sie vom Nachbarzimmer aus belauschen.«

»Ja!«, fiel es auch dem Zweiten Detektiv wieder ein. »Nic sprach von irgendeinem Geheimnis!«

»Er sagte, Julia dürfte den Schädel nicht an Raphael Luca verkaufen. Sonst würde dieser das Geheimnis des Schädels erfahren und die Unterthals wären geliefert. Und vorhin wollte er heimlich dieses Schreiben verschwinden lassen.«

»Das Geheimnis könnte also in diesem Brief stecken.«

Julia schüttelte den Kopf. »Ich verstehe nichts mehr. Was denn für ein Geheimnis?«

»Das müssen wir herausfinden.« Justus kniff die Augen zusammen und studierte den Brief genauer.

»Vergiss es, Just«, sagte Bob. »Selbst wenn du die Buchstaben entziffern könntest, ist es immer noch eine fremde Sprache für uns. Wir bräuchten jemanden, der nicht nur diese alte Schrift lesen kann, sondern auch noch Deutsch versteht und für uns übersetzt.«

Der Erste Detektiv schaute auf. »In der Tat, Bob. Und ich wüsste da auch schon jemanden.«

Mr Meyer macht sich nützlich

Am nächsten Nachmittag erwarteten die drei ??? Julia Scott auf dem Schrottplatz.

»Ich habe gesehen, dass Roosevelt ein neues Zuhause gefunden hat«, rief sie schon von Weitem. »Er macht sich ganz hervorragend da draußen an der Straße.«

»Das wird Onkel Titus freuen«, sagte Justus.

»Und Tante Mathilda ein bisschen weniger«, kicherte Peter.

»Habt ihr schon etwas über diesen unleserlichen Brief herausgefunden?«

»Ich habe es schnell aufgegeben, ihn lesen zu wollen«, gab Justus zu. »Lediglich ein Wort habe ich geschafft. Den Ort, der vor dem Datum oben rechts angegeben wurde, konnte ich als Idar-Oberstein dechiffrieren.«

»Idar-was?«, fragte Bob.

»Deschi-was?«, fragte Peter.

»Dechiffrieren«, wiederholte Justus. »Entziffern. Den Rest wird hoffentlich Mr Meyer für uns erledigen. Wenn er seinen

Gewohnheiten treu bleibt, müsste er bald hier auftauchen. Und Idar-Oberstein habe ich gleich nachgeschlagen. Es handelt sich um eine Kleinstadt in Deutschland.«

»Wow«, kommentierte Peter trocken. »Ich bin überwältigt.«

»Wart's ab. Idar-Oberstein ist unter anderem für seine Edelsteine berühmt. Schon vor hunderten von Jahren wurden dort Edelsteine abgebaut und zu Schmuck verarbeitet. Es gibt zahlreiche Edelsteinschleifereien. Auch aus Quarzkristall, aus dem die Yukatan-Schädel bestehen, wird Schmuck hergestellt.«

»Das ist allerdings –«

»Oh, verdammt!«, unterbrach Bob den Zweiten Detektiv, während er an ihm vorbei Richtung Einfahrt schaute. »Wir bekommen Besuch.«

»Mr Meyer?«, fragte Peter und drehte sich um. Es war nicht Mr Meyer.

»Mr Luca!«, rief Julia überrascht.

»In der Tat, Mrs Scott. Statten Sie Ihrem Trödelhändler einen Besuch ab?« Luca kam näher, wie immer ganz in Weiß gekleidet, und warf Justus einen verächtlichen Blick zu.

»Ja, wir … müssen noch ein paar Dinge besprechen.«

»Das trifft sich ja gut. Ich hätte ebenfalls Klärungsbedarf.« Er zog einen kleinen silbernen Gegenstand aus der Tasche seines weißen Jacketts hervor. Das Visitenkartenetui, das Julia Justus geschenkt hatte. »Kommt dir das bekannt vor, Junge? Das hast du wohl in meinem Garten verloren.«

Justus tastete seine Gesäßtasche ab. Er hatte das Fehlen des Etuis gar nicht bemerkt.

»Detektive, ja? Ich dachte, du seist Schrottplatzgehilfe, Justus Jonas. Und diese beiden Burschen sind ...«, er klappte das Etui auf und warf einen Blick auf die Karte, »... Peter Shaw und Bob Andrews, nehme ich an? Soll ich gleich die Polizei rufen oder willst du mir erst erklären, was du letzte Nacht auf meinem Grundstück zu suchen hattest?«

Justus räusperte sich. »Sie waren während der letzten Tage in einen Kriminalfall verwickelt, ohne es selbst zu wissen, Sir. Unsere Ermittlungen haben mich auf Ihr Grundstück geführt.«

»Du meinst, du hast dir unerlaubt Zutritt verschafft. Ich will dir mal was sagen, mein Freund: Was immer du gestern Abend gesehen zu haben glaubst, vergisst du am besten ganz schnell wieder, ist das klar?«

Justus blieb unbeeindruckt. »Sie meinen diese lächerliche Lichtshow? Ich wüsste wirklich gern, wie viel Geld Sie mit diesem Hokuspokus verdienen, Mr Luca. Mehr als Cora Corman mit ihrer Musik?«

»Ich weiß überhaupt nicht, von wem du redest«, behauptete Luca. »Das alles geht dich absolut nichts an, verstanden? Und was soll das überhaupt heißen – in einen Kriminalfall verwickelt?«

»Es geht um den Kristallschädel«, sagte Julia. »Ich weiß, warum Sie mein Haus kaufen wollten, Mr Luca. Sie hatten gehofft, den siebten Yukatan-Schädel darin zu finden.«

Luca schluckte. »Sie sind ... bemerkenswert gut informiert.«

»Dank der drei Detektive. Und Sie hatten übrigens recht.

Mein Großvater hatte den Schädel tatsächlich im Haus versteckt. Aber Sie waren nicht der Einzige, der ihn gesucht hat.«

Nun wirkte Luca alarmiert. »Was meinen Sie damit?«

»Die Geschwister Unterthal«, sagte Bob. »Der Name sagt Ihnen etwas, oder?«

»Gwendolyn Unterthal aus Florida?«, fragte Luca überrascht.

Justus nickte. »Sie hat Ihnen in der Vergangenheit bereits drei Yukatan-Schädel verkauft und legte es darauf an, Sie auch als Kunden für den letzten zu gewinnen. Mrs Unterthals Methoden, an das Objekt der Begierde zu gelangen, waren allerdings etwas rabiater als Ihre.«

»Sie hat ihn doch nicht etwa gestohlen?«

»Das konnten wir glücklicherweise verhindern.«

Luca atmete auf. »Dann ist der Schädel also in Sicherheit?«

»Das ist er«, bestätigte Julia. »Allerdings ranken sich noch ein paar Geheimnisse um dieses Ding.«

»Viele Geheimnisse«, bestätigte Mr Luca. »Er ist ein Objekt mit einer geheimnisvollen Aura. Ein Artefakt, das die kosmischen Energien in höchstem Maße –«

»Nicht *diese* Art von Geheimnissen«, unterbrach Justus ihn barsch und hielt ihm das unleserliche Schreiben unter die Nase. »Dieser Brief befand sich in der Frachtkiste, in der der siebte Yukatan-Schädel aufbewahrt war.«

»Was ist das? Ich kann nichts lesen. Was steht da?«

»Genau das ist das Geheimnis.«

»Und da kommt der Mann, der es lüften kann«, sagte Peter. »Mr Meyer ist da.«

Mr Meyer hatte in diesem Moment den Schrottplatz betreten und steuerte wie immer zielstrebig die Ecke mit der neuen Ware an. Dort hatte sich seit gestern nichts verändert, doch das schien Mr Meyer nicht zu interessieren. Wie schon am Vortag stöberte er in der Bücherkiste und schob seine kleine runde Brille dabei von der Nase hoch auf die Stirn und wieder zurück auf die Nase.

»Kommen Sie«, sagte Justus und setzte sich in Bewegung. Neugierig folgten ihm die anderen. Die drei ??? traten auf Mr Meyer zu, während sich Julia und Luca im Hintergrund hielten.

»Guten Tag, Mr Meyer«, sagte Justus.

Der kleine Mann sah auf und rückte die Brille zurecht. »Guten Tag.«

»Dürfte ich Sie etwas fragen?«

Verunsichert sah Meyer in die Runde. »Kennen wir uns?«

»Ich arbeite hier«, sagte Justus freundlich.

»Ah. Gut. Hör mal. Diese Schreibmaschinen dort drüben. Die Walzen sind ganz kaputt. Wer war das?«

»Das weiß ich nicht. Sagen Sie, Sie stammen doch aus Deutschland, nicht wahr?«

»Falsch. Ganz, ganz falsch. Ich wurde in San Diego geboren. Meine Eltern kamen aus Deutschland. Machst du dich etwa über meinen Akzent lustig? Den habe ich, weil –«

»Nein, nein, ganz und gar nicht«, beteuerte Justus. »Wäre mir gar nicht aufgefallen. Hören Sie, ich habe hier ein Schreiben, das ich nicht lesen kann. Ich dachte, vielleicht könnten Sie mal einen Blick darauf werfen.«

Meyer runzelte misstrauisch die Stirn, nahm aber das Papier entgegen. Er schob die Brille die Nasenwurzel hinauf und kniff die Augen zusammen. »Das kannst du nicht lesen, was?«

»Richtig.«

»Sütterlin.«

»Nun, genau genommen ist es Kurrentschrift. Als Sütterlin bezeichnet man –« Bob und Peter stießen den Ersten Detektiv zeitgleich mit dem Ellbogen an, einer links, einer rechts. »Sütterlin«, bestätigte Justus. Obwohl es nicht stimmte.

»Und auf Deutsch. Du willst wissen, was da steht?«

»Das wäre schön, ja.«

»Also gut.« Meyer räusperte sich, sah zu Justus, sah auf das Papier, sah wieder zu Justus und sagte: »Ich übersetz mal. Also. Da steht: *Idar-Oberstein, den Achten Zehnten Achtunddreißig.* Weißt du überhaupt, wo das ist, Idar-Oberstein? Na ja. *Sehr geehrter Herr Unterthal! Wie besprochen übersenden wir Ihnen die Auftragsarbeit. Der Totenkopf sieht nun aus wie in Ihrer Zeichnung. Besondere Beachtung fand der Schliff der Augen. Die konischen Augenhöhlen strahlen nun das einfallende Licht ab wie gewünscht. Bei Gefallen stellen wir gern wie besprochen sechs weitere Exemplare her. Mit freundlichen Grüßen Leopold Eschenbach.*« Meyer ließ das Papier sinken. »Kenne ich nicht, diesen Herrn Eschenbach.«

»Das macht nichts«, sagte Justus und nahm Mr Meyer das Schreiben aus der Hand. »Sie haben uns sehr geholfen, Mr Meyer, vielen Dank! Suchen Sie sich doch ein Buch aus, wenn Sie möchten. Das geht aufs Haus!«

Mr Meyer blinzelte überrascht. »Oh. Den alten Krempel will wohl niemand mehr haben, wie? Und da dachtest du –«

Die drei Detektive ließen ihn einfach stehen und kehrten zu Julia und Raphael Luca zurück, die bei einer rostigen Hantelbank gewartet, aber alles mitbekommen hatten.

Das Haus von Julia Scott

Luca war blass geworden und Julia hatte ihre Stirn in tiefe Falten gelegt. »Habe ich richtig verstanden? Der Kristallschädel war eine Auftragsarbeit? Dann stammt er also gar nicht von den Maya?«

»Es sieht ganz so aus.«

Luca riss Justus wütend den Brief aus der Hand und versuchte ein weiteres Mal, ihn zu lesen.

»Alois Unterthal war der Großvater oder Urgroßvater von Nic und Gwendolyn«, sagte Justus. »Ich nehme an, er hörte damals die Berichte von den ersten angeblich gefundenen Kristallschädeln und beschloss, selbst welche in Umlauf zu bringen. Er gab sie bei der Manufaktur in Deutschland in Auftrag inklusive sehr konkreter Ideen, wie die Schädel auszusehen haben. Doch die erste Paketsendung ging verloren. Wir können aber davon ausgehen, dass Unterthal früher oder später Kontakt zur Werkstatt von Leopold Eschenbach aufnahm und die sechs weiteren Schädel herstellen ließ. Drei davon hat er dann äußerst gewinnbringend veräußert, denn er behauptete natürlich, dass sie in einer geheimnisvollen Mayastätte in Yukatan gefunden worden wären. Die anderen drei hat er behalten, vielleicht als Wertanlage für die Zukunft.«

»Aber er wusste, dass sich ein Begleitschreiben in der ersten Frachtkiste befand«, fuhr Bob fort, »und dass die Fälschungen auffliegen würden, sollte diese Kiste jemals wieder auftauchen. Dieses Wissen gab er an seine Nachfahren weiter. Die Unterthals erfuhren schließlich durch Raphael Lucas Erzählungen, wo diese Frachtkiste gelandet war – nämlich bei Hunter Scott. Von da an wollten sie um jeden Preis verhindern, dass der Begleitbrief in fremde Hände fällt – zum Beispiel unsere.«

»Aber eines verstehe ich nicht«, sagte Peter. »In dem Buch, das wir gefunden haben, heißt es doch, die Yukatan-Schädel hätten heilende Kräfte und so weiter und so fort. Damit muss es doch irgendwas auf sich haben.«

»Nur weil es in einem Buch steht?« Justus sah ihn fragend an. »Überleg doch mal, Zweiter: Welche Geschichten sich über die Schädel verbreitet haben, hängt ganz allein davon ab, welche Geschichten Alois Unterthal über sie erfunden und verbreitet hat. Er konnte sich ja die tollsten Legenden ausdenken! Und das hat er auch getan. Schließlich ging es ihm darum, dass die Leute sich um seine Schädel reißen. All diese Legenden fanden ihren Weg in Bücher wie das, das ihr in Hunter Scotts Bibliothek gefunden habt.«

»Dann ist mein Großvater also nur zufällig so alt geworden«, sagte Julia.

Justus nickte. »Die Kristallschädel haben ganz gewiss keine magischen Kräfte. Die hätten sie übrigens auch dann nicht gehabt, wenn die Maya sie erschaffen hätten.« Er schaute hinüber zu Raphael Luca.

Der war auf der Hantelbank in sich zusammengesunken. Sein Gesicht war kalkweiß. Den Brief hielt er noch immer in der Hand.

»Geht es Ihnen gut, Mr Luca?«, fragte Peter. »Soll ich Ihnen ein Glas Wasser holen?«

»Sie hat mich übers Ohr gehauen«, sagte Raphael Luca fassungslos. »Ich habe Gwendolyn Unterthal ein Vermögen für die drei Schädel gezahlt. Und sie hat die Wahrheit die ganze Zeit gewusst!«

»Tja, Mr Luca«, sagte Justus und verschränkte zufrieden die Arme. »So fühlt es sich an, wenn man auf Betrüger hereinfällt.«

»Was willst du damit sagen?«

»Nichts weiter. Aber es ist doch eine faszinierende Geschichte, nicht wahr? Sicherlich auch interessant für Ihren Freundeskreis, der einmal im Monat in Ihrem Garten zusammenkommt.«

Luca sprang auf. »Untersteh dich! Wenn ihr Bengel auch nur zu *einem* meiner Klienten Kontakt aufnehmt …!«

»Beruhigen Sie sich, Mr Luca. Das haben wir nicht vor. Aber wir haben gerade das Geheimnis der sagenumwobenen Yukatan-Schädel gelüftet. Sie verstehen sicher, dass wir diese Erkenntnisse nicht für uns behalten können. Als Detektive fühlen wir uns der Wissenschaft verpflichtet. Wir sind mit einem Professor für Anthropologie an der Universität Ruxton bekannt, der sicherlich gern einen Artikel darüber schreiben und in einer Fachzeitschrift veröffentlichen wird. Ich bin überzeugt, von dort aus macht die Geschichte schnell die Runde. Verzeihung, aber zu diesem Zweck sollte ich das Beweisstück sichern.« Justus entwand dem Mann sanft den Brief.

Raphael Luca sah ihn ausdruckslos an. Dann warf er das silberne Visitenkartenetui achtlos auf die Hantelbank, drehte sich um und verließ den Schrottplatz ohne ein weiteres Wort.

»Dem hast du es aber gegeben, Justus«, raunte Peter ehrfürchtig.

»Allerdings, Erster. Und? Fühlst du dich gut?«

»Hervorragend«, bekannte Justus freimütig und grinste. Bis sein Blick auf Julias Gesicht fiel.

Julia Scott seufzte. »Das ist wohl der Tag der geplatzten Träume. Der Fall ist zwar gelöst, aber ich kann es mir abschminken, dass Mr Luca oder sonst jemand mir einen nennenswerten Betrag für den siebten Schädel bezahlt.«

Justus war erschrocken. »Julia! Daran hatte ich gar nicht gedacht. Aber … aber Sie verstehen doch sicher …«

Sie nickte. »Natürlich verstehe ich es. Ihr habt recht damit, die Wahrheit über die Yukatan-Schädel öffentlich zu machen. Aber es ist schade. Ganz kurz hatte ich gehofft, ich könnte das Haus meines Großvaters behalten, meinen maroden Blumenladen in San Francisco aufgeben und ein neues Leben auf dem Lone Oak Hill beginnen.« Sie seufzte erneut. »Stattdessen machen wir wohl einfach mit der Entrümpelung weiter.« Traurig blickte sie in die Runde. »Wie sieht es aus, Jungs? Morgen früh um zehn? Da sind immer noch eine Menge Bücher, die gesichtet werden müssen. Und vielleicht hat dein Onkel auch Interesse an dem ausgestopften Elch, den ich heute früh im Keller entdeckt habe.«

»Das wäre geschafft.« Julia Scott wischte sich über die Stirn und stemmte zufrieden die Hände in die Hüften. Soeben hatte sie die letzten Dinge, die sie gern als Erinnerung an ihren Großvater behalten wollte, in die Bibliothek verfrachtet. Sie schloss die Tür.

Zwei Tage lang hatten die drei Detektive ihr geholfen, Hunter Scotts Sachen zu sichten, zu sortieren und mit Preisschildern zu versehen. Anders als beim letzten Mal waren sie nun gut vorbereitet auf die Haushaltsauflösung, für die Julia für heute einen neuen Termin anberaumt hatte.

Sie sah auf die Uhr. »In einer Stunde geht es los. Diesmal hoffentlich gesittet und geordnet und ohne irgendwelche Zwischenfälle.«

Bob, der am Fenster stand, nahm eine Bewegung zwischen den Bäumen wahr. »Irrtum. Es geht jetzt schon los. Da kommt ein Wagen.« Er schnappte nach Luft. »Es ist Raphael Luca!«

Die drei Detektive und Julia eilten die Treppe hinunter. Der weiße Tesla hatte vor dem Haus gehalten. Raphael Luca stieg aus. Er wirkte selbstzufrieden wie eh und je. Der Frust und die Empörung von ihrer letzten Begegnung schienen keinerlei Spuren hinterlassen zu haben.

»Guten Tag, Mrs Scott! Wie geht es Ihnen?«

»Mr Luca. Das ist eine Überraschung.«

»Ich habe gar nicht viel Zeit. Aber ich las von Ihrer zweiten Haushaltsauflösung und dachte, ich schaue schnell vorbei, bevor der große Ansturm beginnt.«

»Was kann ich für Sie tun?«

»Ich möchte Ihnen den siebten Yukatan-Schädel abkaufen.« Er sah zu Justus und lächelte überlegen. »Ich darf ihn doch weiterhin so nennen – oder hat unser Meisterdetektiv etwas dagegen?«

»Sie dürfen ihn nennen, wie Sie wollen, Mr Luca, aber ich möchte Sie darauf hinweisen, dass unser Freund von der Universität Ruxton bereits über alles informiert ist und –«

»Nun, wie passend. Dann kann er gleich in seinen Artikel einfließen lassen, dass die sieben Yukatan-Schädel bald im Britischen Museum in London ausgestellt sein werden.«

»Verzeihung?«, fragte Julia Scott und blinzelte.

»Das Britische Museum beherbergt bereits einen anderen Kristallschädel, dessen Echtheit schon häufiger angezweifelt wurde. Ich habe mit den zuständigen Leuten gesprochen und ihnen die Geschichte der Yukatan-Schädel erzählt. Jawohl, die *ganze* Geschichte. Ich konnte sie davon überzeugen, dass auch die gefälschten Schädel durchaus von kulturhistorischem Interesse sind und eine beeindruckende kunsthandwerkliche Arbeit darstellen. Daher sind sie es wert, in einem Museum ausgestellt zu werden. Natürlich in Verbindung mit ihrer faszinierenden Entstehungsgeschichte. Man war sehr interessiert an dem Erwerb meiner Sammlung. Das Museum ist bereit, mir eine angemessene Summe für alle sieben Schädel zu zahlen. Das kann selbstverständlich nur passieren, wenn Sie mir den siebten Schädel verkaufen, Mrs Scott. Ach ja, und den Brief hätte ich gern auch dazu.« Er bedachte Justus mit einem kurzen Blick. »Als *Beweisstück.*«

Der Erste Detektiv schüttelte langsam den Kopf. »Sie sind durch und durch Geschäftsmann, nicht wahr?«

»Ist das verboten?«

»Nein.«

»Wie viel?«, fragte Julia Scott.

»Ein Drittel von dem, was ich Ihnen letztes Mal geboten habe. Verzeihen Sie, meine Liebe, aber der Wert von Kristallschädeln ist über Nacht stark gefallen.«

Julia überlegte nur kurz, bevor sie sagte: »Und er wird noch weiter fallen, wenn Sie dem Museum nur eine unvollständige Sammlung anbieten können. Sagen wir also die Hälfte.«

Luca verzog kurz das Gesicht, doch dann sagte er: »Ob Sie es glauben oder nicht – ich bin kein Unmensch. Ich mochte Ihren Großvater und würde seiner Enkelin gern aus einer schwierigen Lage helfen.«

Julia Scott ergriff Lucas ausgestreckte Hand. »Abgemacht!«

Fünf Stunden später hatte Julia Scott unzählige Möbel und bergeweise Krimskrams verkauft. Sie war längst nicht alles losgeworden. Doch die Zimmer waren nun halb leer. Genügend Raum für die Zukunft und viele neue Ideen.

Hunter Scotts Enkelin öffnete sich eine Flasche Bier und ließ sich erschöpft in den Ledersessel in der Bibliothek fallen. »Wenn ich ein paar Sachen selber mache und meinen Laden in San Francisco verkaufe, reicht das Geld für die Renovierung des Hauses und einen Neuanfang«, sagte sie. »Was haltet ihr von einer Gärtnerei hier oben auf dem Hügel? Auf dem Grundstück ist genügend Platz für ein Gewächshaus.«

»Eine gute Idee«, fand Peter. Die drei ??? prosteten ihr mit Cola zu.

»Und wisst ihr, was sich hervorragend an der Straße machen würde, so als Blickfang? Ein ausgestopfter Bär. Er könnte ein Schild in seinen Pranken halten: Julias Garten.«

»Er könnte außerdem auf Rollschuhen stehen«, sagte Bob und grinste.

Julia nickte. »Genau so wird's gemacht. Ich kaufe Roosevelt deinem Onkel wieder ab, Justus. Ich bin ja jetzt beinahe reich. Auf jeden Fall nicht mehr arm. Was denkt ihr?«

Justus dachte an Tante Mathilda und lachte. »Damit würden Sie auf jeden Fall eine Freundin fürs Leben gewinnen. Und was kann man sich Besseres wünschen für einen Neuanfang?«